我们都是被上帝咬过的苹果

人生启发卷

肖 川 主编

西南师范大学出版社
全国百佳图书出版单位 国家一级出版社

图书在版编目（CIP）数据

我们都是被上帝咬过的苹果：人生启发卷 / 肖川主编． — 重庆：西南师范大学出版社，2016.9
ISBN 978-7-5621-4959-0

Ⅰ．①我… Ⅱ．①肖… Ⅲ．①散文集－中国－当代 Ⅳ．①I267

中国版本图书馆CIP数据核字(2016)第231765号

我们都是被上帝咬过的苹果：人生启发卷
肖　川　主编

责任编辑：	雷　兮
特约编辑：	万晓文
封面设计：	红十月工作室 RED OCTOBER STUDIO
出版发行：	西南师范大学出版社
	地址：重庆市北碚区天生路2号
	邮编：400715　市场营销部电话：023-68253705
	http://www.xscbs.com
经　销：	新华书店
印　刷：	重庆华林天美印务有限公司
开　本：	720mm×1030mm　1/16
印　张：	7.75
字　数：	116千字
版　次：	2016年11月　第1版
印　次：	2020年3月　第3次印刷
书　号：	ISBN 978-7-5621-4959-0
定　价：	22.00元

若有印装质量问题，请联系出版社调换
版权所有　翻印必究

目 录

001 第一章 生命之歌

002 好好活着就是爱母亲 / 李　晓
004 渴望疼痛 / 刘西鸿
006 快乐是生命的花朵 / 李丹崖
008 人是要有尊严的 / 流　沙
010 给自己写一份《生命使用说明书》/ 张一楠
014 我们都是被上帝咬过的苹果 / 宋　濂
015 不要正儿八经地忧伤 / 微笑的鱼
017 青春还债期 / 肖复兴
020 爱好能让自己更健康 / 汪国真
022 另一种珍爱 / 乔　叶
024 盖茨也有自杀的理由 / 李良旭

027 第二章 成长之旅

028 穿越岁月的童谣 / 钱国宏
030 五岁的出走 / 匡立庆
032 青春路上的六颗樱桃 / 罗　宇
037 十八是个木 / 白岩松
039 成长是一种放弃 / 樱　子
042 成长是一种群居的孤独 / 一路花开
045 美丽的歧视 / 胡子宏
047 生命中的那个夏天 / 牧　村
050 人生可能是一条曲线 / 包利民
053 假如生活欺骗了你 / 文　浩

055 10分钟的人生 / 张皖男

057 你的美，不只是上帝看得到 / 崔修建

059 犟老头托尔斯泰，为自己活过十天 / 杨林川

061 第三章 成功讲义

062 一粒稻米的耐心 / 谭海龙

064 至少我还有一双完美的腿 / 曲　辉

067 配角的精彩 / 郭　东

069 谢谢你曾那样嘲笑我 / 纳兰泽芸

072 小人物和大人物相差的唯一一步 / 娄底人

074 父母不能给予你的 / 蓝色季风

076 梦想不是最重要的 / 张宏涛

078 赌　局 / 星　竹

081 摘下属于自己的桃子 / 张忠辉

083 有几个人你不能学 / 陈鲁民

085 年轻时你想砍哪棵树 / 包利民

087 藏在木头里的琴声 / 琴　台

089 感谢我的自卑 / 雪小禅

092 雄鹰小时候也叫菜鸟 / 王　磊

095 第四章 心灵花园

- 096 是谁扼杀了哀愁／迟子建
- 098 读书人是幸福人／谢冕
- 100 充满诗意地生活／钟华波
- 101 心灵是一棵会开花的树／赵丽宏
- 103 感谢《简·爱》／李娟
- 105 孔子心和庄子气／张云广
- 107 做一个妙趣横生的人／苗向东
- 110 对自己也要讲诚信／周海亮
- 112 享受心灵的宁静／崔修建
- 114 他敢于说不惭愧／许申高

第一章

生命之歌

我不去想身后会不会袭来寒风冷雨
既然目标是地平线
留给世界的只能是背影

我不去想未来是平坦还是泥泞
只要热爱生命
一切,都在意料之中

——汪国真《热爱生命》

好好活着就是爱母亲

李 晓

20年前的3月26日凌晨，一个年轻男人躺在了山海关的铁轨上，一辆呼啸而来的火车碾压过一个中国田园诗人的身体。那天，正好是他25岁的生日。

这个男人，就是写过《面朝大海，春暖花开》的海子。这个一生都在用饱含汁液和水分的声音，呼唤生长粮食和蔬菜而匍匐在大地的诗人，用这种残酷的方式，了结了自己短短的一生。然而，这个叫作查海生的孩子，他在另一个世界不会知道，在他生日的那天早晨，母亲已经在乡下的炊烟中熬好了一锅红米粥，以这样一种传统的方式为北京的儿子默默祝福。

当冰凉的铁轨上躺着一个血腥的生命，一个母亲的心，再也经不起碾压。在生日那天结束自己的生命，也许，这是世界上最让一个母亲心碎的事情。当一个生命从母亲的子宫里奔出，这个生命，已经从母亲的子宫上升到母亲的心房里扎根了。

在那个雨水滴答的乡村三月，这个叫作查海生的男人的骨灰，被送回了母亲居住的查湾村，就在门前300多米的松树林下，垒起了一座土坟。

从此，一个母亲的视线，没有离开过儿子的土坟。母亲还活着的，是她碎了的身体，陪同儿子入眠的，是母亲的灵魂。在20年乡下的风雨声里，一个母亲，哭她的儿子"海生"，哭瞎了眼睛。"海生"，是一个母亲在经久的岁月里，一直在唇间不停呼唤的乳名。

15岁的海生考进了北京大学，一个村子沸腾了，一个县城也轰动了，一个母亲飞快地迈动小脚挨家挨户发放她深夜蒸好的白糕。这个儿子毕业以后，在北京成了一个诗人。第一次去北京看儿子，面对儿子留那么长的头发，母亲只是笑眯眯地说："海生，去剪了吧！"母亲走的那天，这个贫困的诗人找人借了300元钱，执意揣进了母亲的包里。母亲的那个包，装了家里的50个鸡蛋，母亲在乡下为儿子养着一群小鸡。经过了几天几夜火车的颠簸，到了北京，居然一个也没有破。母亲一直把装着鸡蛋的布包搂在怀里，因为她相信，儿子每吃下一个鸡蛋，那个叫作诗人的儿子，他苍白的脸色就会多一丝红润。

儿子塞给她的那300元钱，听说，至今还在80岁的母亲的怀里掖着。母亲说，等她去世以后，用儿子的这300元钱送她上路就够了。

海子自杀后，很多人惊呼，这是一颗彗星的陨落，更有人叹息，他的诗歌是惊雷。然而，在母亲的眼里，根本没有彗星，只有连着她心房的一个生命。更没有惊雷的声音在母亲耳畔响起，在耳畔响起的，只有一个孩子在母亲梦里的啼哭。一个国家，可以失去一个诗人。而一个母亲，根本不能失去孩子。海子，他最疼痛的一首诗，没有写进他歌颂的土地里，而是嵌进了一个母亲疼痛的血脉里、心房中。

所以，我总觉得，在春天来怀念这样一个诗人，其实对母亲来说，更是一种剜肉剔骨的残酷。浩瀚无际的天空，它对广袤无垠的大地，如何表达深沉的爱意与温柔的呢喃？我以为，是那密集的、轻盈的雨水与雨丝。那么，一个孩子对母亲，如何表达最深的爱呢？

我想，答案只有一个：好好活着，就是对母亲的爱。再没有一个健康美好的生命，是让孕育了生命的母亲更幸福的答案了。

我认识一位诗人朋友。当乡下的母亲每一次来到城里，他都会谢绝所有的应酬，回到家与母亲坐在小桌上一同吃饭。他告诉我，长大以后，母亲这么多年只轻轻靠在他肩上一次。那是他陪母亲第一次上电梯，感到手足无措又微微眩晕的母亲忍不住把头一下靠在了儿子的肩上。那一刻，他一下涌出泪水，滴落在母亲花白的头发上。第一次在自己的家里唤母亲吃饭，竟吓得在一旁呆坐的母亲一愣。因为那么多年来，母亲在乡下吃饭时，几乎从来没有上过桌子，只是端一个小板凳在角落里悄悄扒拉进肚子里了事。

诗人朋友说,他头上的第一根白发,是母亲发现的;他睡眠不好引起的眼袋,是母亲看见的。总有一天,他会和母亲在路口松开握了一辈子的手。那么,在和母亲有限的时光里,就是要好好陪着母亲,好好活着,让母亲感受到他的幸福而幸福。

所以,他说,在生命里,写给母亲最好的一首诗仍是:母亲,我好好活着,就是爱您。

(文章收入本书时有删改)

悦读指津

母亲对子女最大的期盼,不是大富大贵、大红大紫,不是衣锦还乡、光耀门楣,而是好好活着。活着,才对得起母亲十月怀胎之苦,二十年养育之恩。面对母亲这个小小的愿望,我们有什么理由在贫困潦倒时失魂落魄?有什么资格在彷徨失意时轻易赴死?生命不是一个独立的点,而是从母亲生命里流出来的河!为了母亲,好好活着!

渴望疼痛

刘西鸿

如果问街上一个人,你愿意无痛苦地生活吗?大概百分之九十的人会答:愿意。

法国男人阿兰·巴斯田,骑摩托出了车祸,被紧急送进医院,经历大小复杂手术,几度休克。经过漫长的护理,他终于康复出院。

这个47岁的壮硕男人，从医院出来后的生活过得好极了，眉目舒展，笑口常开，身体健壮。有一天早晨上班，同事面对面看着他，像看着一个怪物：巴斯田，你牙床怎么肿啦？已经灰色了，不痛吗？巴斯田照了镜子之后急忙赶赴牙医诊所。于是，巴斯田感觉不到痛苦的秘密，第一次被察觉。

之后不久，巴斯田在郊外野餐烧烤。坐久了，他站起来松动腿脚，家人在旁边惊恐地大叫：你的裤子被烧没了！巴斯田长时间坐在一块烧爆的木炭上，已经皮开肉裂，他却依然谈笑风生。

于是，巴斯田又一次被送入医院。神经专家们对巴斯田进行了彻底会诊：在遭遇车祸出院后，巴斯田丧失了身体对疼痛的全部感觉，包括口腔感染、重器撞击、皮肤烧灼、利器切割肌肉等。

神经专家对巴斯田的大脑做了IRM扫描，把大脑神经分成11个区域，检查结果显示，10个区域反应活跃，只有1个区域的神经反应停止。就是说，人的全部痛感只归大脑中的极少部分神经分管。

专家继续对这个奇特的人进行了测验，接着发现，这个感觉不到自身痛苦的人同样感觉不到别人的痛苦。面对斗殴场面，面对饥饿、疾病、暴力、战争、死亡的图像，他从来都是麻木地熟视无睹。

人所共知，在法国，人们对止痛安定药物的依赖极其普遍。所有产妇分娩时选择的麻醉药品费用，全部由社会福利负担；医院所有手术的各类麻醉，一律由国家报销；老年人的腰痛背痛，或轻或重，镇痛药物都由政府负责。

在英国很多地方，自"二战"以后，镇痛安定的化学药物市场也迅速地发展，因为英国人越来越不接受任何程度的身体疼痛，他们恨不得一伸手就可以捏断大脑主管疼痛的神经区域的所有敏感细胞。

巴斯田被推到电视屏幕上，面对一个万众好奇的问题：现在您到了无痛境界，如果可以，您愿意回到从前吗？

留着小黑胡子、平头、身体健壮匀称的巴斯田毫不犹豫地回答：我愿意立刻恢复到能够感受痛苦的时候。

（文章收入本书时有删改）

> **悦读指津**
>
> 汉语的"疼"是指余痛,"痛"则是指人身体内部的伤害性感觉。我们熟悉疼痛,因为它经常造访我们的身体;我们厌恶疼痛,因为它让我们饱受折磨。我们想方设法逃避疼痛,但没了疼痛,身体麻木了,心灵也麻木了。疼痛也是上帝对生命的一种恩赐,它让生命远离危险。
>
> 有疼痛的感觉是值得庆幸的,毕竟那是一种清醒和明白。

快乐是生命的花朵

李丹崖

我们常常喜欢用花朵来测算春天,东风的抚摸下,一朵花盛开,春天便来了;然后是赏心悦目的三两枝,繁花似锦;最后,整个世界都铺满了花的地毯。可以说,花朵见证了春天的繁盛程度,是春天的度量衡。

那么,我们用什么来度量自己的生命呢?春天无疑是幸运的,她拥有花朵;我们的生命照样不会逊色,生命拥有另一种花朵,花朵的名字叫"快乐"。

心情似湖,快乐便是心湖之上绘出的涟漪,是那湖面上翻卷的水花,虽然没有江河的汹涌澎湃,却是由心湖深处升腾而起的美妙律动;心灵如峦,快乐便是穿行在林间的阵阵清风,是那来自林间的阵阵松涛,虽然没有飓风的嚣张与力度,却是灵魂深处最多姿的舞蹈;心情如诗,快乐便是生命诗章里最美丽的平仄,是那字里行间渗透出的最动人的意趣,虽然没有小说的鸿篇巨制,却囊括了生命旅程里最深远的意义;心灵如弦,快乐便是心灵之弦上弹奏的乐曲，是最引人入胜的旋律，虽然没有钟鼓那般大张声势，却是心灵丝竹上最美妙的回响。

快乐，不仅仅是采集心灵的蜜糖，它还把痛苦酝酿成甜蜜；快乐，不仅仅是沐浴生命的阳光，它还能拨云见日；快乐，不仅仅是果实，它还是种子；快乐，不仅仅是流水，它还是源泉！

快乐，不能奢求。因为，快乐是用来邂逅的，而不是用来寻找的，就像缘分。人人都有这样的情结：精心培育的盆景开花了，或许并不能给你带来多大惊喜，因为这是理所当然的事情，而他日郊外，一朵叫不出名的小花突然闪入你的视野，你或许要禁不住尖叫，佩服造物主竟这般鬼斧神工，将那一朵小花打扮得如此俏丽。而真当你费尽九牛二虎之力把它移栽进了家中的花盆，日日看，夜夜想，要不了多久，你就会心生厌倦，这就是所谓的审美疲劳，这就是快乐的保鲜期。

快乐是一件最廉价的首饰，之所以廉价，是因为它唾手而得，它有可能仅仅是一杯香茗、一本好书、一首曲子、一句问候、一个微笑……总能让心灵的快意翩翩起舞。

快乐，是年轻的灵魂，是不老神话的讲述者，是揭开生命奥妙之面纱的金手指，是幸福人生的指南针！

青春是生命的春天，快乐是生命的花朵。要想留住一季春光，就必须留住花朵；要想让自己的青春永不谢幕，那么，还等什么，让我们拥抱快乐！

（文章收入本书时有删改）

悦读指津

青春如春，快乐如花。作者用一个"快乐是生命的花朵"的比喻，表达了笑对人生、乐观面对青春的主题。假如我们的生命中没有了快乐，那么心灵的土地就会荒草遍野，荆棘密布。假如我们在心灵的沃土中播下快乐的种子，假如我们能够用快乐把痛苦酿成甜蜜，那么即使三九严寒也会有红梅傲雪，我们的生命就会永远鲜花怒放！

人是要有尊严的

流 沙

他是一个一丝不苟的人。每天头发总是梳得顺顺的，胡子刮得干干净净的，衣裳也非常整洁，大部分时间他穿的是西装，还要打上领带。

但他是中国一个农民，家里有十多亩地，一个小型的养猪场，每天有干不完的活。在田里干活的时候，他当然不会穿西装，是一身淡军绿的棉布衣。别的农民干活累了，会坐在田埂上，点上烟。而他坐在一张休闲凳上，慢慢地喝茶。那神态像是坐在茶馆里，在欣赏江南丝竹。

一个农民能这样优雅，显然已是"另类"了。有一年，市里来了一位大领导，在村里开座谈会，他也在场。领导就一直看着这个穿西装、十分严谨的农民。会开到一半，领导忍不住了，低声问村里的干部。村干部嗓门大："他没文化，是个老农民，不是退休干部，他喜欢穿得周正点，平时都是这个打扮。"领导点点头，又朝他看看，觉得有点不可思议。

后来，他得了病，是肝癌。检查出来的时候，已经扩散了。家里人瞒着他，说只是肝炎，他吃了一个多月的药，觉得不对劲了，问家里人他到底得了什么病？他的大女儿一口咬定是肝炎。

他不信，独自到城里去检查，检查出来是肝癌晚期。他一个人乘车回家，刚好有一位亲戚来串门，他到店里买了酒，又到地里拔了一些菜，烹饪了一桌好菜，和那亲戚聊到晚上。亲戚走后，他站起身来，脸色骤变，摸着腹部，已经站不稳了。当晚他就进了医院，再也没能从医院里出来。

肝癌是非常痛苦的，许多身患此病的人，都会痛得满床打滚。但是他从住院的那一天起，总是平平静静的。

有个护士给他注射药水，发现他的床单已经潮湿了，身上全是汗水，床单两侧，被他紧紧抓着，因为用力很大，手上的青筋都已暴了出来。护士奇怪地看着他，后来突然明白过来，轻声说："老伯，如果痛，可以出声的。"他挤出一句话："可以忍的。"

他去世的那天，是一个雨天。他似乎已有预感，看着窗外一阵又一阵的雨，对陪在床边的女儿说："我回家的时候，不要用拖拉机，最好叫个中巴，这样雨就不会淋到我身上了。"

女儿非常奇怪，不知父亲何出此言。

他说要刮刮胡子，说最好能理个发，换身干净的衣裳。他在说话的时候，手已经开始抓着床单，越抓越紧，呼吸急促起来。他的女儿看着不对劲了，去叫医生。医生去餐厅用早餐去了，护士赶过来，看到他已经一动不动了，但手紧紧抓着床单。女儿去握着他的手，哭着喊"爸爸"，他似乎还有一点知觉，嘴里似乎发出了一个音——痛。他去世了。

后来他的女儿想把父亲的遗体送回家，村里所有中巴都不愿意，最后只有叫了一辆拖拉机，外面的雨很大，到家时，遗体还是湿了。

女儿跪在地上哭，说："对不起爸爸，你身上湿了。"

邻居看了，说："他一生爱干净，赶快给他换身干净的衣裳吧。"

这是一个普通的农民，但是这个农民的形象有时候会突然在我脑海中浮现出来，我不知道这是为什么。

在江南莺飞草长的日子里，我在老家的书房里，翻出了一本结满灰尘的《蒙田随笔集》，机缘凑巧翻到了其中的一页，上面写着一句话：从事哲学不是别的，就是学习死亡。蒙田说，从你出生的第一天，在给你生命的同时，就把你一步步引向死亡。你的每一天都向死亡迈进，而最后一天到达终点。在人的一生中，"我们可以把我们的财物、生命转借给我们的朋友，以满足他们的需求，但是，转让尊严之名，把自己的荣誉安在他人头上，这却是罕见的"。

这位老农显然不知道蒙田，也不懂哲学。但是他一生中所有的坚持，是不是就是为了最后那一刻的尊严？

学习死亡，就是学习如何面对人生。那位老农，在我看来，已然可以和蒙田促膝相谈。

（文章收入本书时有删改）

悦读指津

尊严是生命的一种昂然存在，是从生到死的一个永恒追求。现代人天天讲要追求所谓的"生活品质"，却常忘记"生活品质"必须包含"死亡品质（死亡的尊严）"在内。或者不如说，"生活品质"与"死亡品质"是一体两面，不可分离的。当生命走到尽头，仍然坚持着以"体面"的方式离去，这是生命的最大尊严。

给自己写一份《生命使用说明书》

张一楠

有些人一生碌碌无为，无所成就，不是没有成功的渴望，而是确实不知道怎样使用自己的生命，怎样使用自己的能力，也不知道在哪一点上引爆自己的潜能。一个人一生中最大的误区就在于：不会经营强大的自己！

如果你想为自己的生命负责，就应该认认真真地为自己写一份《生命使用说明书》。

第一，做自我分析。

知己者"明"，知人者"智"。既知己又知人，就是"明智"。

做自我分析，首先，你要分析自己的优缺点。在一张白纸上写下一个大大的字母"T"，在左面写下你的优点，在右边写下你的缺点。其次，分析自己的专业、特长以及灵性。灵性，是最难找到的一项特质，说得直白一点儿，就是想想自己在哪一件事情上可以做到"无师自通、登峰造极"。

佛教里有一个概念叫作"善护念"，就是你要学会好好地保护心中的那一点儿信念，别人可以不理解你、嘲笑你，甚至鄙视你，但是只有你内心知道这一件事是你的强项，你一生的潜能将会在这一点上爆发，因此你要好好保护对这件事的信念，不可磨灭。你的心中要有一种强大的精神力量，稍有机会，你就要证明给那些人看！

第二，明确此生的使命。

很多人过完一生都不知道"使命"二字的含义。所谓"使命"，就是用来支撑灵魂的梦想，就是在未来你要成为什么样的人，成就什么样的事。请闭上眼睛，问一下自己：我是谁？我的生命要去往哪里？我此生的使命究竟是什么？

还要问一下自己：此生中有没有这样一件事，就是今生你要"浸淫其中，穷一生之力去追求"，而且无怨无悔，来世你还会这样做，依然无怨无悔。

第三，明确此生的价值观。

"价值观"，就是当下对我来说最重要的事或人。下面的事物都可能是你的价值观，你要按照重要性对它们进行排序。

亲情、财富、爱情、健康、学习、成就、快乐、家庭幸福、人脉……

人一生的阶段不同，价值观也会有所变化，每个阶段都会有那时的重心。

第四，明确目标。

有人说："我的目标是要成为一个企业家。""我的目标是学会演讲。""我的目标是减肥20斤。""我的目标是一定要年收入50万。"……

在我看来，这些人的目标都是不可能实现的，因为他们的目标没有一个Deadline（期限），一个没有期限的目标或者梦想，只能叫作空想。没有期限，就没有实现目标的压力和紧迫感，目标只能是想象而已，缺乏了

"我一定要做成"的气概和雄心。我觉得：目标=梦想+期限。

除此之外，一下子完成一个有难度的目标也是不可能的，实现目标也需要一个非常重要的方法，就是"分解目标"。你需要把一个一生要完成的目标分成年目标、月目标、周目标、日目标，甚至时目标（每个小时要完成什么）。

最后，你要做的就是加强实现目标的信念。

第五，详细的计划。

计划，是实现目标的第一步。计划做得越科学，后面的行动越轻松。同时，计划需要一个人系统思维的能力，需要他对整个事情进行全盘思考，每一个细节、每一个流程、每一个突发事件都要考虑进去，然后提前做好最为详尽、最为周全的应对。

第六，明确实现此目标的理由。

一个人的动力越大，实现目标的概率越大。每个人都不是无缘无故想去实现一个目标的。在他的内心一定存在这样一件事情，只有实现了这件事，他觉得自己的人生才有价值，自己才没有白白来世间一回。实现目标的理由很简单，无非就是为了某个人或者某些人。

为了实现自己儿时的梦想；为了给自己喜爱的女孩一个安全幸福的生活环境；为了让父母生活得无忧无虑，为自己而感到骄傲；为了与周围志同道合的朋友一起做好一项事业，人生有所成就。

理由写得越多，你的动力越大。

第七，有谁做到了，我的榜样是谁？

看谁做到了，你也照葫芦画瓢，你也这样做！

在你想进入的行业找到一个或几个榜样，最笨的办法往往最简单有效，就是模仿这个榜样。比如，当年我想成为一个优秀的英语教师，在300人的大班上激情授课。我就找到了一个榜样，榜样做什么，我就做什么。

第八，我需要得到谁的帮助。

在这一项里，请你写下10位朋友的名字，对你起到正面作用的画上

"+"（加号），对你起到负面或者阻碍作用的画上"-"（减号）。对于那些负面作用太大的朋友，你必须狠下心来坚决与他断绝关系，这样做是下定决心与过去的那个不够好的"你"断绝！

第九，我有什么恐惧，怎样化解。

害怕，是行动的最大阻力。但有的时候，人们的害怕都是自己的想象，当你真正做的时候，你发现绝大多数事情并没有想象中的那样可怕。因此，你要提前预想到目标实现过程中会有哪些障碍，会有哪些令你担心、犹豫甚至恐惧的事情，提前想好完善的解决方案，最好还要准备好解决问题的资源以及能帮你渡过难关的团队。

第十，我应该采取什么行动，怎样行动。

首先，要想到你要采取哪些行动，最好能够量化，也就是说，实现目标需要做到哪几件事情。其次，我一直强调Steps的重要性，即做事的步骤。你要厘清做这些事情的先后顺序，先做什么，后做什么，最后做什么。最后，还要想好行动的具体详细的方案，最好能够写下来，一边行动，一边修改，最后不断完善，不断接近目标。

（文章收入本书时有删改）

悦读指津

买家用电器时，我们总会得到一本使用说明书。厂家提供的产品使用说明书可以帮助我们正确使用所购物品，使得物尽其用。但是，父母没有给我们准备这样一本《生命使用说明书》，所以很多人便在庸庸碌碌中耗费着生命。请静下心来，认认真真地为自己写一份《生命使用说明书》吧，审视人生，使用生命，激发潜能，为自己的生命负责！

‖ 我们都是被上帝咬过的苹果 ‖

宋 濂

有一个盲人，小时候深为这一缺陷而烦恼沮丧，认定这是老天在惩罚他，自己这一辈子就算完了。后来一位老师开导他："世上每个人都是被上帝咬过一口的苹果，都是有缺陷的人。有的人缺陷比较大，是因为上帝特别喜爱他的芬芳。"他很受鼓舞，从此把失明看作上帝的特殊钟爱，开始振作起来，向命运挑战。若干年后，他成了一位著名的盲人推拿师，为许多人解除了病痛，他的事迹被写进当地的小学课本。

把人生缺陷看成"被上帝咬过一口的苹果"，这个思路太奇特了，尽管这有点儿自我安慰的阿Q精神，可是，人生不如意事十之七八，这个世界上谁不需要自我安慰和自我激励呢？

世界文化史上有著名的三大怪杰，文学家弥尔顿是瞎子，大音乐家贝多芬是聋子，天才的小提琴演奏家帕格尼尼中年后是哑巴。如果用"上帝咬苹果"的理论来推理，他们也都是由于上帝特别喜爱，狠狠地咬了一大口的缘故吧。

就说帕格尼尼吧，4岁出麻疹，险些丧命；7岁患肺炎，又几近夭折；46岁牙齿全部掉光；47岁视力急剧下降，几乎失明；50岁又成了哑巴。上帝这一口咬得太重了，可是也造就了一个天才的小提琴家。帕格尼尼3岁学琴，即显天分；8岁已小有名气；12岁举办首次音乐会，即大获成功。之后，他的琴声几乎遍及世界，拥有无数的崇拜者，他在与病痛的搏斗中，用独特的指法、弓法和充满魔力的旋律征服了整个世界。著名音乐评论家勃拉兹称他是"操琴弓的魔术师"，歌德评价他"在琴弦上展现了火一样的灵魂"。

有人说，上帝像精明的生意人，给你一分天才，就搭配几倍于天才的苦难。这话真不假。

当你遇到不如意时，不必怨天尤人，更不能自暴自弃，最好的办法就是像那个老师那样去自励自慰：我们都是被上帝咬过的苹果，只不过上帝特别喜欢我，所以咬的这一口更大些罢了。

功有所不全，力有所不任，才有所不足。

（文章收入本书时有删改）

悦读指津

身体残疾却才华横溢的作家史铁生说："看来，残疾有可能是这个世界的本质……人所不能者，即是限制，即是残疾。"从这个角度看，我们每个人都是残缺的。如果我们把这些残缺当作生活的动力，扫去隐藏在心中的阴霾，保持乐观精神，完善自我，超越自我，那么我们就会成为主宰自己命运的人。

‖ 不要正儿八经地忧伤 ‖

微笑的鱼

我们常说的一句话是"沉浸在喜悦的气氛里"，或者，说某人过于沉溺于网络游戏中，等等。其实，生活里，有一些人是愿意"沉浸"或"沉溺"在忧伤情绪中的。

去博客里转转，你会发现，有一些人的博客基本上是"天空布满了忧郁的云"，似乎生活中的大部分时间都是在或淡或浓的忧伤中度过。

这些人非常愿意盘点，盘点的都是过往岁月里的不顺、委屈、伤痛。只要有时间，他们就会把这些东西拿出来一一梳理。

而情绪这个东西，假如正襟危坐，打开电脑或摊开日记本，正儿八经地把它写下来，是需要酝酿的。想把自己的情绪形成文字，需要大脑勤奋地做一些后台加工才可以。有些作家在写一些苦难意识浓重的小说时，自己的情绪与作品中的人物命运紧密联系在一起。有位作家在作品完成的那一刻，就曾口吐鲜血。可见，长时间写这样忧伤的文字，对人的情绪有很强的控制作用。受忧伤文字的影响，一段时间走不出这样的伤感基调，人的情绪乃至身体都会受到损害。

女人多数有倾诉欲，她们喜欢把自己的事情说给要好的女伴听。一些负面情绪，则在这种倾诉中被一次次描摹，继而扩大。

人很容易受心理暗示影响，一种理论说得次数多了，就容易形成公理。一种本来不明显的伤感被描述的次数多了，就愈加清晰起来。清晰的伤感情绪笼罩着自己的天空，谁的心情会好呢？

多愁善感，可不仅仅是一个人的性格问题。心理学家指出，多愁善感其实是一种心理疾病。早在公元二世纪，希腊医生、解剖学家加连发现一些病人常常会陷入一种极端消沉的状态。他们感叹生命短暂、世事无常、人生孤独，就连窗前飘落的树叶也会让他们泪水涟涟。这类病人往往先于其他病人死去。于是，加连医生把这种现象写进他的著作中，并把它归类于精神疾病。

因此，对待忧伤情绪，还真不能太纵容了。

首先，培养自己有"阳光"的眼睛和"阳光"的心。每天想一些美妙的事情，看一些轻松的文章，写一些轻松的文字，都会令自己身心愉悦。

其次，对一些令自己不快的事情，学会放在脑后，不要一次次与他人讲述。你的每次讲述，都是在记忆中进行了又一次强调。你应该清楚，他人永远不能真正帮助你，能帮你的，只有你自己。

最后，改掉情绪自虐心理。人为地渲染悲观情绪，是自虐心理在作怪。一个叹息不断的人，是不受人欢迎的。在快节奏的生活中，人们需要的是心灵的放松。

一段时间内抛开你的那些忧伤文字试一试，拉开你的窗帘让阳光照进屋内试一试，和朋友们讲一些开心的笑话试一试。你会发现，快乐的旋律开始在你身边回响，这里没有忧伤的舞台。

（文章收入本书时有删改）

悦读指津

人人都有七情六欲，忧伤只是其中一种。偶尔小小的忧伤本也算不了什么，就像黑云压城，总有云开日出之时。如果"正儿八经"起来，把它当成一件正事去做，成为一种生活习惯，生活也就会变得暗无天日了，为赋新词强说愁会使自己深陷愁城。健康的情绪应该是，高兴时我们不妨开怀大笑，痛苦时我们便一哭淋漓。

青春还债期

肖复兴

频繁地从医院里出来，我真的感到老了。准确地说，是频繁地从医院住院处的手术室里出来，明显地感到老了，不仅我自己，我们这代人都已经无可奈何地老了。

好几个老朋友频繁地被全身麻醉后推进了手术室，我坐在手术室外的长椅上，焦急地等待。漫长难熬的时间后，看到朋友从手术室里被推了出来，失血的脸惨白又有些变形，惨不忍睹。脑子里出现的还是年轻时朋友生龙活虎的样子，即使是在田间或工地繁重的劳作后累得直不起腰，脸上淌的依然是青春的汗珠。仿佛一眨眼的工夫，便到了日落时分，手术室是帮助岁月催人变老的催化剂和定影液，急迫得让我真真切切地看到了变老是一种什么样子。

一位朋友做的是腰椎手术，腰椎的二三四节都出现了问题，要在这三节腰椎之间打上六根钛合金的钉子，重新支撑起腰来。一位朋友做的是喉癌的手术，手术后发现食道也出了问题，"二进宫"，再做食道手术。一个从后背开了刀，一个从前胸开了刀，都是从早上八点多被推进手术室，又都是到下午一点多才被推出来。昏迷之中，麻药还没有消退，身后拉长的是岁月缥缈而悠悠的影子。

想起青春时节，这两个人，一个在场院干活，麦收和豆收龙口夺粮的紧张时候，二百多斤装满麦子或大豆的麻袋，要一个人扛起来，上颤颤悠悠的三级跳板入囤，一天不知要扛多少麻袋。腰伤就是在那时候埋下了种子，在日后发芽，到如今结出恶果。另一个人在工地上干活，天寒地冻，荒无人烟，方圆百里，连一个女人都看不到，是号称"母猪都能赛貂蝉"的遥远而又偏僻的地方。唯一的消遣，就是收工之后喝酒，一醉方休。他从来没喝过酒，老师傅咕咚咚给他倒了满满一搪瓷缸白酒，对他说你把这缸子酒喝进肚，就学会了。他咬牙一仰脖喝进去，从此酒伴随他整个青春期。喉和食道，包括胃，都这样喝坏了。

过去在北大荒，当地老乡流传这样一句谚语：傻小子睡凉炕，全凭火气壮。其实，那时候，我们都是这样的傻小子，凭着青春那点儿吃凉不管酸的火气，自以为是在接受工农兵的再教育，就能够解放全世界和全人类。膨胀的心，激活虚无的激情，让力不胜任的腰支撑起来，扛起那样沉重的麻袋；让年轻没见过世面的喉咙、食道和胃被撑起来，灌进那样苦涩的味道。

不是埋下的种子不发芽，不是吼出的声音没有回声，不是飘来的云彩不下雨，是时候没有到。那时候在北大荒场院里拉起幕布放映的露天电影《小兵张嘎》里有句台词："别看你现在闹得欢，小心将来拉清单。"清单要到现在才会一并拉出，我们已经彻底老了。

是的，现在到了拉清单的时候了，我们的青春还债期到了。连本带息，一并清算。对于一代已经走进尾声的知青，这是残酷的现实。青春时期，我们付出的是精神的代价，老了，我们要得到的是身体的报应。想到这里的时候，我的心里不是滋味。也许，每一代人到老的时候都喜欢怀旧，但这一代人尤其喜欢怀旧。在怀旧的心理作用下，以往的青春容易被诗化、美化和戏剧化。如今的还债期，或许可以帮助我们认清一些当年的青春期。无论这一代人的顽强性格和执着精神，是多么值得我们骄傲和留恋，但是，我们真的已经老了，心里留恋着青春，身体却在报复着岁月，也在提醒着我们，正视自己的青春和历史。在热闹中回忆，在时尚中怀旧，让回忆和怀旧联手，很容易为我们的心境涂上一层防水漆，只能够起到自我按摩的作用，加重并延长我们的青春还债期。

（文章收入本书时有删改）

悦读指津

青春的你，做什么都百无禁忌：为了游戏，可以熬通宵；为了多睡几分钟，可以饿肚子；为了显示潇洒，猛抽烟，猛喝酒……即便受了伤，也觉得年轻的身体会很快恢复的。你觉得年轻就是资本，殊不知不善待自己的身体，身体已悄悄为你记下了每一笔账。欠账越多，你的青春还债期就越早到来。健康生活，善待身体，让你的健康资本多一些结余吧！

爱好能让自己更健康

汪国真

对我们来说，健康最重要。没有健康的身体，事业、金钱、权力的意义都会大打折扣，甚至变得毫无意义。在生活中，除了养成良好的习惯，培养有益身心的爱好能够让自己更健康。

美国一位医学家曾对35位去世的音乐指挥家做过统计，他们的平均寿命高出一般人的平均寿命5岁。在欧洲也有类似的调查，常听音乐的人比很少接触音乐的人寿命长5至10岁。音乐对健康和长寿的作用，远远超出我们的想象。

中国古时音乐的音阶为五音，即宫、商、角、徵、羽，类似于今天简谱中的1、2、3、5、6。有专业文献指出，宫、商、角、徵、羽五音与人的五脏是相连的，音乐之声可对人体产生作用。如宫音雄伟，益脾；商音清净，健肺；角音亲切，活肝；徵音轻快，养心；羽音柔润，补肾。据此，现代医学甚至用乐曲给人们开出"药方"。

的确，音乐常常能给我们的心灵带来宁静、清爽、辽阔、悠远等美好的感觉，这些我们能从古诗词的描写中感受到。如李白在《听蜀僧浚弹琴》里写道："为我一挥手，如听万壑松。"从诗中可以看出，琴声带给李白的是万壑松鸣、涛声阵阵。听这样的琴声，怎不令人心旷神怡？如韩愈的《听颖师弹琴》中就有"浮云柳絮无根蒂，天地阔远随飞扬"之句。从诗中可以看出，琴声带给韩愈的是浮想联翩、辽阔悠远。听这样的琴声，怎不令人心情舒展？音乐能给人带来很多美妙的感觉，经常浸润在这样一种氛围里，无疑对健康十分有益。

中国历史上，有关音乐的故事很多。孔子到齐国，听到韶乐，非常喜欢，欣赏了韶乐之后，三个月不知道肉的滋味。

宋代文学家欧阳修曾叙述过："予尝有幽忧之疾，退而闲居，不能治也。既而学琴于友人孙道滋，受宫声数引，久则乐之，不知疾之在其体也。"孙道滋是宋代名医，他用音乐治好了欧阳修的"幽忧之疾"。上例可以看出，音乐能够提振精神、愉悦身心、舒缓情绪，从而促进健康。闲时，听听音乐，使身心得到放松，沉浸在优美的旋律中也是一种享受，无形中还增进了健康，何乐而不为呢？

书画家大多长寿，例如，唐代虞世南活了81岁，欧阳询活了84岁；元代王恽活了77岁，黄缙活了81岁；明代董其昌活了83岁，文徵明活了89岁；清代刘墉活了86岁，阮元活了95岁。在过去"人生七十古来稀"的时代，这些名士都算得上是很高龄的了。习书画为什么能健身呢？我以为大致上有以下几个原因。

神闲气定，摒弃杂念。当开始习书作画时，会逐渐变得全神贯注，心无杂念，浮躁没有了，忧虑没有了，患得患失也没有了，人就会觉得从容、淡定、悠然。显然，这样一种精神状态比心浮气躁、瞻前顾后甚至忧心忡忡，对人的健康有益得多。习书作画常能使人物我两忘，唐代书法家虞世南为了学习书法，曾把自己关在楼上，待学有所成才下楼。他写字写坏了的废笔，竟然装满了一大瓮。他白天习字，晚上还在被单上比比画画，时间长了，连被单也划穿了。汉代书法家钟繇，也有为了练字划破被单的经历。这样一种痴迷，在客观上达到了气功中"入静"的境界。

动静结合，刚柔相济。书画创作既要动脑也要动手，手脑并用，身体也要适当地运动，使得气息平缓，血脉通畅，其功效近于太极。长期坚持，自然可以强身健体。

回归自然，寄情山水。一般来说，习书作画的人更热爱自然。绘画写生，要时常把自己置身于大自然之中，在大自然中学习、观察、创作、运动，无形中心胸会变得豁达，身体会得到锻炼，自然也有利于健康和延年益寿。

爱书画也就会爱自然，爱自然也就会爱和谐。

音乐和书画，这是人生特别值得培养的两个爱好。

（文章收入本书时有删改）

悦读指津

在这个追名逐利、物欲横流的社会，人们除了疯狂的竞争外，就是满足口腹之欲，寻求感官刺激，自以为活得潇洒，殊不知这并不是有利于身心健康的生活方式。高雅的爱好，诸如琴棋书画之类，不仅能陶冶情操、愉悦身心，而且能舒缓压力、强身健体，既养身又养心，这是追求健康长寿、生活美好的绝佳方法。

另一种珍爱

乔 叶

曾读过一篇小说《绿墨水》，讲一位慈父为使女儿有勇气面对生活而借她同班男生的名义给她写匿名求爱信的故事。感动之余，我忽然想到人真是太脆弱了，似乎总是需要通过别人的语言和感情才能肯定自己、热爱自己。如果有一天，这世界上没有一个人去关怀你，爱护你，倾听你，鼓励你——人生中必定会有这样的时刻，那时你怎么办呢？

我深深记着一位老音乐家辛酸的轶事。他在"文革"中被下放到农村，为牲口铡了整整七年的草。等他平反回来，人们却惊奇地发现他并没有憔悴衰老。他笑道："怎么会老呢？每天铡草，我都是按4/4拍铡的。"为此，我爱上了这位并不著名的音乐家和他的作品，他懂得怎样拯救自己和爱自己。

我同样深深记着另一位音乐家——杰出的女钢琴家顾圣婴。我不止一次为她扼腕叹息，她在"文革"初期自杀了。我知道她不是不爱自己，而是太爱——爱到了溺爱的程度。音乐使她飘逸空灵、清丽秀美，可当美好的东西被践踏的时候，她便毁了自己。

为什么不学会爱自己呢？

学会爱自己，不是让我们自我姑息、自我放纵，而是让我们学会勤于律己和矫正自己。这一生总有许多时候没有人督促我们、指导我们、告诫我们、叮咛我们，即使是最亲爱的父母和最真诚的朋友也不会永远伴随我们。我们拥有的关怀和爱抚都有随时失去的可能。这时候，我们必须学会为自己修枝打杈、寻水培肥，使自己不会沉沦为一棵枯荣随风的草，而成长为一株笔直葱茏的树。

学会爱自己，不是让我们虐待自己、苛求自己，而是让我们在最痛楚无助、最孤立无援的时候，在必须独自穿行黑洞洞的雨夜、没有星光也没有月华的时候，在我们独立支撑人生的苦难、没有一个人能为我们分担的时候——我们要学会送自己一枝鲜花，给自己画一道海岸线，给自己一个明媚的笑容。然后，怀着美好的预感和吉祥的愿望活下去，坚韧地走过一个又一个鸟声如洗的清晨。

也许有人会说这是一种自我欺骗，可是如果这种短暂的欺骗能获得长久的真实的幸福，自我欺骗一下又有什么不好呢？

学会爱自己，这不是一种羞耻，而是一种光荣。因为这并非夜郎自大和狭隘，而是对生命本身的崇尚和珍重。这可以让我们的生命更为丰满、更为健康，也可以让我们的灵魂更为自由、更为强壮，可以让我们在无房可居的时候，亲手去砌砖叠瓦，建造出我们自己的宫殿，成为自己精神家园的主人。

学会爱自己，才会真正懂得爱这个世界。

（文章收入本书时有删改）

悦读指津

爱自己不是一种自私，而是对生命本身的崇尚和珍重。人生不可能时时一帆风顺，处处有贵人相助。当人生遭遇不幸的时候，当我们曾拥有的关怀和爱抚都失去的时候，只有学会爱自己的人，才能独自穿过暗夜，走到黎明，冲破风雨，见到彩虹。爱自己，我们的灵魂会更强壮，而让爱我们的人更幸福。学会爱自己，才会真正懂得爱这个世界。

‖ 盖茨也有自杀的理由 ‖

李良旭

晚上，一家人围拢在一起吃饭。饭桌上只有几样小菜，但是一家人有说有笑，有时还互相夹着菜、谦让着。那一幕，给人一种天伦之乐的温馨和幸福。

儿子说，今天他看到报纸上一则新闻说，一个亿万富翁因不堪于生活压力而跳楼自杀了。

母亲轻轻地问道，什么样的生活压力，能让一个亿万富翁选择跳楼自杀？儿子说，听说这个亿万富翁今年少赚了两千万，被当地的另一个亿万富翁赶了上去，他不再是当地的首富了，所以感到生活压力太大就跳楼自杀了。

儿子的话音刚落，母亲的一口饭没有咽下去，突然将嘴里的饭喷了出来，好一会儿才缓过劲儿来。她吃惊地问道，一个亿万富翁，就是因为少赚了两千万，被另一个亿万富翁赶了上去，就为这事想不开跳楼自杀了，这也太不可思议了！如果按照这个亿万富翁的逻辑，那世界首富比尔·盖茨被墨西哥的电信大亨卡洛斯·埃卢超出90多亿美元，蝉联多年世界首富的帽子被易主了，盖茨要是想不开了，岂不也要跳楼自杀？

顿时，儿子好像不认识母亲似的，睁大眼睛，紧紧地盯着母亲。母亲看到儿子这个怪样子，不免有些含嗔道，你怎么这样看着我？

儿子这才缓过神来，笑道，妈妈，您说的真有点道理，假如盖茨想不开来，也有跳楼自杀的理由。

母亲有些严肃地说道，生活不可能处处笙歌不断，也有它的另一面，这另一面就是不幸、挫折，甚至是天灾人祸，你必须要有直面生活的勇气。死亡是一件很容易的事，如果一时想不开，就跳楼自杀，这是一种逃避现实、回避矛盾的懦夫的表现。既然来到了这个世界上，你就不是一个人在战斗，因为在你的身后还有父母、孩子等亲人，你一死了之，留给亲人的却是无尽的伤痛和悲哀。

儿子不知不觉已忘记了吃饭，全神贯注地听着母亲讲述。那一刻，仿佛有什么东西，深深地触动了儿子内心的柔软。

母亲继续动情地说道，无论在什么社会环境下，人都是需要一种精神寄托的，这才是充实和明智的，否则，物质生活再丰富，手中握的钞票再多，内心世界也是空虚的，目光也是空洞和茫然的。

一直没有言语的父亲，这时也忍不住插上了话，他说，前几天看电视看到一则访谈节目，就是那个在中央电视台《百家讲坛》主讲《论语》的于丹，她在接受媒体采访时说了这样一句话，给我留下了深刻的印象。她说，当人在被世界改造时，应该是一种滋润的、舒展的、找到自我灵魂的状态，同时凭自己的力量又一次改变自己。于丹说，她觉得现在许多人完成的只是一种生存、一种默然存在、一种物理现象，更多的是在追求一种外在的物化的东西，在互相竞争、攀比、倾轧中，离生命中最本质的呼唤越来越远了。当遇到挫折和不幸时，根本没有想到其他解决的办法，于是跳楼自杀成为自己唯一的选择。跳楼，好像也成为一种"蝴蝶效应"，一些人在竞相效仿。

父亲接着又说道，我曾看过一本书，书名叫《等待灵魂》。书中有这样一句话，叫作："别走得太快，请等一等灵魂。"书中告诉人们，人活着的世界，应该帮助我们完成心灵的遨游和灵魂的充实，这才是接近生活中最朴素、最自然、最壮美的一种人生穿越。

儿子静静地听着，仿佛有一种无形的力量，深深地击中他内心的柔软，他突然离开座位，走到父亲和母亲的身边，轻轻地拥抱了他们，眼中早已一片晶莹。

（文章收入本书时有删改）

悦读指津

亿万富翁仅仅是一个数字，充其量是一个物化的强者。一个真正的强者，需要有强健的内心，一种抵御外来风雨的精神力量。人，是需要有一种精神作为寄托的，没有灵魂的生命，物化的东西越多，压力越大，跳楼也就成了必然。只是他的灵魂在别处，跳下去的时候，就与物质无关了，所以也只能是轻飘飘的、无声无息的……

第二章

成长之旅

当我年轻的时候
在生活的海洋中，偶尔抬头
遥望六十岁，像遥望
一个远在异国的港口

经历了狂风暴雨，惊涛骇浪
而今我到达了，有时回头
遥望我年轻的时候，像遥望
迷失在烟雾中的故乡

——曾卓《我遥望》

穿越岁月的童谣

钱国宏

"拉大锯,扯大锯,姥家门口唱大戏,接闺女,唤女婿,小外甥,也要去……"每当儿童节到来之际,耳畔总会响起一首首熟稔的童谣来。那些响彻儿时天空、带着泥土气息的童谣,一次次地把我拽回童年的原野,让我徜徉其中不知魏晋,享受着天真,品尝着无邪,体味着快乐。

小时候,童谣是播种快乐的犁铧。我和村里的小伙伴们,唱着朴素的童谣,打量着眼里的世界,又以明快的韵律,倾诉着对生活的理解和眷恋。尘世万物,人间百态,凝结成唇边的童谣,像一幅幅清新淡雅的画,在乡村的褶皱里铺展,散发着浓浓的乡土气息,彰显着童真的气象——

"金鸡翎,大砍刀,你的兵马让我挑!"——这是玩"闯城"游戏时唱的童谣。"闯城"是一种相互夺取城池、掺杂着战争味道的关东老游戏。就是这种游戏,使我从小就懵懵懂懂地知道:"兵者,诡道也!"——在这世界上,有一种能力叫智慧。

"十二打铁叮叮当,战斗英雄黄继光;黄继光真勇敢,不怕牺牲堵枪眼!"这首童谣是玩游戏"跑连环"时唱的。它不仅使游戏更富有节奏感,而且把英雄的故事四处传播,使一群天真不知世事的孩子们从小就接受爱国主义教育,在他们的头脑中刻下这样的烙印:爱祖国,爱家乡,是与生俱来的一种责任!

童年时,关东大地上唱得最普遍、最响亮的童谣当推《拍手歌》:"你拍一,我拍一,两个小孩坐飞机;你拍二,我拍二,飞机后面下个蛋儿;你拍三,我拍三,飞机上天一溜烟儿……"说不清谁是《拍手歌》的原创，也说不清到底讲述的是什么。但是，它以朗朗上口的韵律感，给孩子们以朴素的想象和车载斗量的快乐。时至今日，不同版本的《拍手歌》仍传唱不息，其独特的魅力可见一斑。

祖国的土地上盛产着数不清的童谣，各具特色，其中有许多是"独一处"的，譬如东北这首采用"接龙式"的童谣，歌名叫作《破闷》（即方言猜谜语）："小黄鸡，溜墙根儿，打破肚子冒肠子儿——溜子！你说溜，咱就溜，不走别处偏走沟——桥！你说桥，咱就桥，里长骨头外长毛——麻！你说麻，咱就麻，里长骨头外长牙——锉！你说锉，咱就锉，飘飘悠悠往下落——雪！……"非常响亮而逼真的"顶真"写法！这首童谣应是孩子们的原创。想想看，在当年的关东大地上，许多的孩子们一边做着游戏，一边唱着童谣，一边还开动脑筋"破闷"，真是既开心又开怀，还长见识，可谓一举数得！

春秋代序，时光荏苒，很多世事被岁月之河冲刷殆尽，而唯有一首首童谣倔强地回响在记忆的天穹！它们虽然烙上了幼稚的印记，却因承载着童年的美好和纯真而经历了岁月的磨砺。向往美好，拥有纯真，永远是人类的心灵追求，正是从这个意义上说，童谣也必将永远年轻在我们的记忆中且恒永散发着春天的味道！

（文章收入本书时有删改）

悦读指津

有童谣伴随的时光天真而快乐。唱童谣的日子远去了，酸甜苦辣的童年最终在记忆里沉淀出的都是美好，成为生命的珍宝。因为向往美好、拥有纯真，永远是人类的心灵追求，所以童谣也必将永远年轻在我们的记忆中，且恒永散发着春天的味道！

五岁的出走

匡立庆

这件事是妈妈讲给我听的。

上小学以前,我一直被寄养在外婆家。

五岁那一年,有一次,亲戚给外婆家送来许多螃蟹。贪嘴的我从螃蟹一下锅就坐在饭桌旁,一直吃到所有人都离开饭桌了还意犹未尽。舅舅开我的玩笑说:"行呀,你这陪客的功夫挺到家的嘛!"客人们一下子哄笑起来,连外婆也跟着笑。没有人注意到我小小的自尊心已膨胀成一个大气球,在他们的笑声中濒临爆裂。爆裂的结果是,我义无反顾地下定决心从外婆家出走,生平第一次只身踏上了回家的路。

从外婆家到我家大约有十四五里的样子,一半的路程要走在一条名叫龙河的小河堤上,另一半则要走在棋盘一样整齐排列的对虾塘的堤坝上。总之,沿途处处都是水,充满了诱惑,又布满了危险。

那时三伏刚过,午后的太阳把河堤上的土烤得冒起了烟,龙河里的水清冽得诱人,一群孩子正在水里嬉戏打闹。看到他们,我走不动了。外婆平日里绝对不允许我下水的,可是今天……

我在水里尽情地疯了一两个小时才上岸赶路。经过虾塘的时候,免不了又和钓鱼摸虾的孩子们玩上一会儿,和路边的蝴蝶蜜蜂逗上一阵子。直到天快黑了,我才进了家。

这是我第一次一个人成功地回家,妈妈明显地有点惊喜,赶紧问我外婆知不知道我回家的事,我含含糊糊地说声知道,就饿虎扑食般扑向了饭桌。

外婆把镇上的几条街喊遍了，仍不见我的踪影，一家人立即陷入了恐慌。外婆瘫倒在地上，站不起来，哆哆嗦嗦地命令舅舅和邻家的几个小伙子带上网沿龙河去打捞，命令二姨到六里之外爸爸教书的学校里找他，命令三姨飞跑到我家看看我有没有回家。

"那时候哪里有电话呀，就是自行车全镇也才有两三辆。"妈妈说。

舅舅和那帮小伙子到了龙河边，也不知怎么那么巧，头一网下去真的就捞上来一个小孩。我十七岁的舅舅吓得一头栽到水里，怎么也爬不上来。邻居一看不是我，赶紧一边掐舅舅的人中，一边找了一口大锅让那小孩伏在上面控水抢救。

外婆在家一听说河里捞上来个孩子，一下子昏了过去。

爸爸骑着好不容易借来的自行车，载着二姨回来。看到河堤上围满了人，重重地摔倒在路上，血刷地从头上流下来。得知并不是我，他立刻跳起来，飞一般往家里骑去。

快到家的时候，爸爸追上了跑得筋疲力尽的三姨。不知道是爸爸骑车太生疏的原因，还是心里太慌张，短短的一段路，他们摔了不知多少跤。

一进家门，看到我正和哥哥、弟弟没心没肺地打闹，三姨"哇"的一声哭起来。她完全忘记自己从来没有骑过车，抢过爸爸手里的自行车，摇摇晃晃骑上了就跑。听外婆说，三姨就是这样奇迹般地学会了骑自行车，一直骑到了家。

我猜出是怎么回事，蹩到了门口不敢吱声。爸爸脸上带着一种我从没有见过的很奇怪的笑容，慢慢地走到我的身边，伸出手摩挲着我的短发，反复地说着同一句话："你回来了呀，你回来了呀……"爸爸的神情把妈妈吓坏了，抱着他的胳膊一个劲儿抚摸。好长时间爸爸才恢复正常，妈妈忙着安慰，倒把打我的事给忘了。

晚上，妈妈到外婆家去了。爸爸一夜没有睡，就坐在屋里喝茶。觉得热了就拿出凉席铺在院子里，把我们兄弟三个人一个个抱出来躺好，自己坐在旁边为我们赶蚊子。觉得露水凉，又把我们一个个抱回屋放在床上，自己再坐在旁边喝茶。就这样反反复复地抱来抱去，直到东方已白。

那以后，我好像突然懂事了。哪怕离开十分钟，也要告诉大人自己到哪里去，什么时候回来。

（文章收入本书时有删改）

悦读指津

五岁的"我"因小小的自尊心的膨胀，偷偷从外婆家出走，第一次只身踏上了回家的路，使不知情的亲人紧张万分：外婆瘫倒在地上；舅舅吓得一头栽到水里；爸爸骑车摔得头破血流；三姨奇迹般地学会了骑车。那以后，"我"懂事了——亲人的爱让五岁的"我"瞬间长大，也使"我"懂得了爱他们。爱陪伴着我们成长，在成长中我们学会了爱！

青春路上的六颗樱桃

罗 宇

第 1 颗樱桃

12岁，我上初二。学校组织体检，我欢天喜地地参加了。排在我前面的是一位个子高高的男生。阳光下，他很安静地垂着眼，睫毛在脸上投出一片阴影来。我站在他身后，享受着他颀长的影子带来的片刻阴凉，心像雨后的青草地，有小小的花要绽放出来。

他身高一米六七，是五班的学生，他叫陈亮。我在心里默念他的信息时，忽然听到了他和一群男生尖利的笑声："哈哈哈，小矮人！"

那天，我强烈要求医生重新量身高，然后偷偷地踮起脚跟。那是我第一次撒谎，在各种笑容面前，我头上流出汗来，心里流出泪来。原来他的身高，于我而言，不只是阴凉，还会是一片阴影。

那年，我正喜欢安徒生和格林兄弟的童话，还以为每个女孩都是娇嫩的豌豆公主，都是会有王子来保护的灰姑娘。然后，我知道了，女孩不一定都是白雪公主，还有可能是那七个小矮人。

第 2 颗樱桃

14岁，我念高一。和朋友聊天，她好意却又残忍地提醒："你的牙齿不好看，老是露在嘴唇外面。"从此，照镜子时，我不敢再笑。

只好去安装牙套。医院里，是冰冷的器械和呼天抢地的哭声。妈妈问："怕吗？"我手脚冰凉，心微微颤抖，但还是勉强地笑："还好。"

牙齿被硬生生地套上钢箍，吃饭时痛得心细成一根针。对着镜子微笑，嘴里闪耀着异样的金属光芒，像个青面獠牙的女鬼，很难过。但是嘴唇可以闭合成好看的形状，心里又有点点欣喜。

回到学校，班上的男生已经为全班的女生排了号。有校花，有班花，有四朵金花。我会写文章，会用几种方法解一道数学题，他们看不到；我选择沉默，选择坐在教室最隐蔽的角落，他们却找得到。他们叫我——钢牙妹。

很久很久以后，我才知道，要让十五六岁的男生透过女生的外表，看到她们细腻美好而敏感的内心，是多么难得的事。

第 3 颗樱桃

15岁，我高二了。学校要准备百年校庆的文艺晚会，我会写文章，会一边弹钢琴一边歌唱，会说流利的英语和标准的普通话，就报了名。飞扬的青春，也希望有属于自己的一个璀璨的夜晚。

可是我落选了。几个学生会的女孩冷冷地笑："你上台，走一步就地动山摇，就不怕把舞台压垮？人要有自知之明嘛。"然后，她们对后面排队的女孩说："加个条件，体重超过120斤的取消资格，以免耽误大家的时间。"

同学们看着我，都笑了。我体重120斤，是个小胖妹，像只企鹅。

从那以后，我不敢再乱吃东西。对妈妈做的菜，不再欣喜若狂，只能像只小猫小心翼翼点到为止，晚上饿得胃疼，会想起那几个女孩的笑，那么美，却又那么冷漠、那么冰凉。

我的体重却并没有因此而减轻，在同学有意无意的一声声"胖妹"中，我终于逃也似的跑回家。看着衣橱里挂着的淑女屋的连衣裙，我忍不住潸然泪下。妈妈知道了，给我看她少年时的照片，现在苗条的妈妈以前居然也是胖乎乎的傻样子。妈妈说："女孩的青春期，都会长胖的，那是在摄取营养，然后长成一棵修长挺拔的小白杨。"

至此，我知道，青春是一盒巧克力糖，下一颗永远值得期待。我也知道，其实内心的美比外在的美更重要，面对别人的缺陷，应该有一个善意的微笑。

第4颗樱桃

17岁，我上高三，喜欢上了一个男生。他有着英俊的外形和儒雅的笑容。我的座位在窗户旁，每次他经过，都会带来一阵好闻的香气。那团空气，让我迷醉。

我终于鼓足勇气，在他必经的路上，递上自己的信。那封信，是我熬夜写的，一笔一画，都是女孩子绽放的心思，小心翼翼又满含期待。信的最后，我说："上学路上一起走，好吗？"

男生愣了愣，微微一笑，把信放进衣服口袋。

从此，便多了期待。上学路上，我会提前半个小时在路口等待，看他的自行车像风一样急驰而过，却并不多作停留；路过我的窗口，他也是一如平常，没有一个多余的微笑。

很久以后，我去男生宿舍，看到了我的信。它静静地待在男生书桌的一条腿下，没有拆封。我把信抽出来，拍拍上面的灰尘。男生略略有点不好意思："都是些女孩子送的，还没有时间看呢，也不知道是谁写的。"

他似乎忘记了，这样的事情，我也做过。

我偷偷地把信扔进垃圾桶，就像扔掉那段廉价的暗恋一样。我暗自庆幸，这一切，就如同一部自导自演的电影，哭过，笑过，喜欢过，失落过，脆弱过，坚强过，但是只有我知道。

第 5 颗樱桃

高考前，妈妈给我请来一位年轻的家庭教师。他是受人尊敬的，教过好几届高三，成绩斐然，声名远扬。为我解题的时候，他的声音沉稳，眼神温暖，让我感觉踏实可信。

喜欢，是有的，尤其是在这个男子全神贯注解题的时候。他会抿紧嘴角，脸微微侧成石刻般好看的线条，然后突然像小孩一样地击掌而歌："好幸福，算出来了！"那一刻，我的心就像沈从文笔下的翠翠一样，柔软起来。

但他是有家室的人。他的妻子巧笑嫣然，肚子微微隆起，满脸幸福地依偎在他怀里。那天是在超市，人来人往中，我躲在另一个角落，心像流星般黯淡下来，却也有尘埃落定般的释然。

一次他到访时，父母都不在。他说为了安心学习，要锁上书房门。盛夏的下午，我穿得很单薄。做题的时候，他的手带着潮湿的气息盖过来，手把手地教我演算，而后，是渐渐迫近的潮湿的呼吸。

我很警觉地起身，脑子里爆发出噼里啪啦的火花，每一声都刺激着我的神经。他也恢复常态，胡乱地解释着。但是我坚决地请他出去，并且告诉他，他毁了一个老师应有的道德和尊严。然后，在空空的房间里，我颓然坐下，听心脏毫无规律地砰砰作响。

这件事，我没有告诉爸妈。不是因为害怕，不是害羞，而是发现，原来在伤害再次来临时，我没有迟疑，没有迷惑，已渐渐有了保护自己的勇气和力量。

第6颗樱桃

蛋糕店里的小姑娘笑眯眯地问我:"蛋糕上的水果选草莓还是樱桃?"我想了想说:"樱桃吧。"她又问:"放几颗?"

放几颗呢?

我想告诉她我青春路上有过的疼痛与伤害。每次都让人那么绝望,那么不知所措,那么看不到尽头。有时候是被人叫"小矮人""钢牙妹""胖妹",有时候是一场苦涩的暗恋,有时候是被骚扰的威胁,它们就像有些樱桃,外表漂亮,吃着却是又酸又涩。但是,我们总会挑到最甜的那一颗。

就像我,在18岁生日来临时,终于可以自信地扬起笑容,露出自己整齐而洁白的牙齿,终于可以穿上淑女屋的裙子,像天鹅一样在校园里翩翩起舞,终于可以坦然地面对喜欢的人和喜欢我的人,终于可以勇敢地面对伤害,终于等来了我的第六颗樱桃。

它的名字叫青春,它的意义是成长。

而你的青春之路,需要几颗樱桃呢?

(文章收入本书时有删改)

悦读指津

青春路上有过的疼痛与伤害就像有些樱桃,外表漂亮,吃起来却味道酸涩。"我"品尝着青春路上的每一颗樱桃,在酸涩的滋味里慢慢成长,哭过、笑过、喜欢过、失落过、脆弱过,终于可以自信地扬起笑容,勇敢地面对伤害——"我"终于挑到最甜的那一颗樱桃。成长的道路上,一定会经历种种疼痛与伤害,如同吃樱桃,不经历酸涩,哪来的甘甜?

十八是个木

白岩松

18岁是一个什么样的概念？把十八组成一个字，就成了木材的"木"字。当这个十八构成一个木字的时候，你就已经具有了可用之才的潜质。18岁不是一个终点，它只不过是一个新的起跑线。

在我看来，成人是生理上的，更是心理上的。如果让我把所有的词汇转化成一个词来概括成人的意义，我想就是责任这两个字。但是，它分成三个层面。

首先，从今天开始，你要承担起更多对自己的责任，如果说过去很多该你做的事情是别人要你做的话，从今天开始你要有更多的思考，要自己做。

高三的生活在我的生命历程中是一个很重要的转折。其实，在进入高三之前我在我们班排名是倒数，在那个时候想考上大学是不可能的事情。但是就像我参加一场足球比赛，上半场0∶3落后，在下半场，我完成了逆转。我在高考的时候成了我们班的第八名，考到了北京广播学院。那么，这一年发生了什么，不过就是在我进入高三之后，有了一次没有语言的和自己的对话："我怎么办，我要做什么？"所以，经过和自己对话之后，我列了一个详细的计划，我把我所有的书钉在一起，然后计算它们总的页数是多少，全部算完之后，我计算了一下到高考那天还有多少天，接下来计算我要看完多少遍，那么就很清楚地知道了每天我要看每个学科的页数。从那一天开始，我每天严格地按照我的计划在进行，而且非常幸福。所以，可以看到那段时间我没有什么太大的变化，只不过是每天认认真真完成计划，却在结果点上有一个巨大的成功在等着我，这难道不是一种启示吗？当你要对自己负责的时候，不是要做多大多大的事情，而是让你每一天做一个小小的改变。所以第一你要承担对自己的责任。

第二，你要承担对他人的责任。在过去的18年里，我们更多的是说"我，我，我"，今后你经常要关注的是"你"和"他"，这里面承担着对他人的责任。在这个过程中，有一个责任同等重要，那就是对这个社会的责任。社会是一辆火车，它快速地向前开，如果说向前开是一个非常正确的方向的话，你在哪呢？我希望很多年轻人要成为推着火车向前的这股力量当中的一个。

最后，说成熟和成人。从18岁开始，在成人礼这一天，也许要面对很多很多的事情。其实成人也意味着你们将面临更多的孤单、挫折、烦恼。当你离开大学校园走向社会之后，还要面临那么多的平淡。生活就是平淡的，你适应吗？还有，有无数个挫折在等待你，你接受吗？还有烦恼。过了18岁了，有很多莫名其妙的孤单向你袭来，你做好承受的准备了吗？你可能会觉得将来很让人担心，会有一些恐惧，可是我又要告诉你，孤单、挫折、烦恼、平淡是成功的最重要的组成部分，是成功的原材料。这四个事情再加上"坚持不懈"，共同搅拌起来，才能变成"成功"的"蛋糕"。只有能够承担失败的人才有可能获得成功，要记住每当失败了一次你就又增加了一次能量！

以后，你们将从事完全各不相同的职业，但是有一个职业是你们一生当中都不会改变的，有一个行当是一生都不变的，那就是"做人"。

看似最简单的做人，其实也最难。冯友兰老先生曾经说过，人生不外乎求三个结果：第一，立言，就是留下对人生有很多影响的言语，像孔子、老子。第二，立功，就是我们说的事业有成。最后一个是立德，只有这一个最高的境界是不需要天赋，也不需要机缘，但是它需要你每天的坚持。人的一生非常像一场跳高比赛。跳高的选手跳过一个高度就要忘掉那个高度，马上就要再往上一厘米，接着去跳，哪怕全场都已经离开了，他已经是冠军了，他依然要去尝试。这就是我们人生当中最重要的一个启示。一个最好的选手，就应该是尽全力最后一跳，虽然这也许是我们再也跳不过去的高度了。

最后，我把在一个大学的院刊上看过的一句话作为我今天的结束语，它对我也有着深远的影响——"其实我们喜欢的不是成熟，而是走向成熟的过程"。

（文章收入本书时有删改）

悦读指津

杰克·伦敦在18岁时，不学无术到处流浪，一年后他却进入了大学，步入了文学的殿堂；比尔·盖茨在18岁时从大学退学，走上了自己的创业之路……18岁，是人生又一个转折点。预备好承受孤单和挫折，耐住寂寞和平淡，承担起更多的责任，18岁的你就是可用之"木"，将来的你才有可能成为一棵参天大树。

成长是一种放弃

缨子

对于像我这样相貌平平且高分上不来低分下不去的女孩子来说，初中的时光是平淡而无味的。我很安于这份清静，三年来，我的情感几乎没有一丝波动——直到初三，我遇见了他，我的数学补习老师。

初三开学第三天，班主任郑重向我推荐了他。我推开了办公室的门，目光落在了角落里的一张办公桌上，正批作业的他目光是如此集中，衬托得周围的其他老师都显得懒散，直觉引领我很确定地向他走过去，鼓起勇气道明了我的来意。他从办公桌里拿出一张草稿纸，熟练地画出了补课地点的路线，那些马路线条不由得让我想起了几何图。

谁知第一次补课我就迷了路，在一条弄堂里兜了老半天，火辣辣的太阳照得我摇摇晃晃。就在这时，我的脸上有了另一道光线，那是他的目光，他露出了一道浅浅的微笑。"这条弄堂很难找，所以第一次我带你进去。"他边说边往前走，这种淡然的态度反倒让我对自己的迟到感到不安。

他讲课的速度与幽默又让我吃了一惊，他平时不多说话的嘴唇开始快速运动，有趣的比方时常让我们捧腹大笑。如果你听讲时反应迟钝或是思想不集中，那可非得出丑。我一直是坐他身旁的位子，他常在大家做题之际用红笔在我的卷子上指指点点，几乎每一处都一针见血。望着他那双聚精会神的眼睛，我也不得不将自己的注意力集中到最高点，紧跟着他的手势和口型，虽累却十分快乐。

很快，我的初中生涯到了最后冲刺的关头，班主任对我近来的数学成绩表示赞扬时，我不禁想到了他。渐渐地，我对他有了一种依赖感，每天晚上有不明白的习题，就希望此刻他能在我身边。于是，每天中午去他办公室也成了我的习惯。

五月的阳光又照在了星期六的早晨，那天补课我又迟到了，推开门看见小秦坐在了我一直坐的位子上，我怔了怔，悄悄地坐到了一个角落里。

当我将卷子交给他时，他边批边自言自语地说道："现在你们之间的差距已经拉开了，其实速度的差距也是智商与能力的差距……"

我有些头晕，直到他将卷子递到我的眼前，我才如梦初醒般地抬起头。"其实你的计算能力很强。"他的目光清清白白，不含一点杂质，是对学生发自内心的肯定与鼓励。我不敢面对他的目光，我自己明白这是为什么。

他的出现，打破了我平静的心海，我试图回到从前，但是始终没有成功。中午我不再去他的办公室，连周围的同学都觉得不习惯。我对自己说，考上一所重点高中始终是我的超级大事。

过了几天，在底楼的末尾处，竟然又遇见了他。他递给我一本书，是我前几天给他看的那本《中考最后的冲刺》，他说："这本书并不容易做，如果你将它全部做完，会花不少时间，我现在已经将上面的重点题目勾出，你可以回去参考一下。"一向轻松自若的他这次口气较为凝重，我可以清晰地感受到中考之役已迫在眉睫。

"我明白。"我重重地点了点头，然后坦然地笑了。我不知道这是一种力量还是一种无奈。

最后一次补课，我9点准时与他相遇在了弄堂口。那道楼梯又黑又陡，我不禁大发牢骚，黑暗中我看见他嘴角又泛着永远的浅浅的微笑，他并没有安慰我，而是急急地走上楼将门打开，好让光线照到楼梯上。原来他是一个不懂表达情谊的男人，我微微笑着。我坐回了那个位子，心里一片宁静，身旁的他似电脑般将以往的中考题目一道道地讲给我们听。有一道二次函数题目我想了许久，只得用求助的目光望着他，他为了让我记忆深刻，没有用他的稿纸，而是转过身，用手指着我的卷子，一步步地提醒我。我突然发现自己靠他很近，心跳不由得加快。我咬着牙反复说道，他是我的老师，老师，是我永远永远的老师。望着他专注而平静的目光，我的内心才渐渐安定下来。就是在那时，以前的感觉已不复存在，取而代之的是对他的完全依赖。

两个小时很快过去了，补习班的同学们都零零散散地走了。他收拾着桌上的稿纸，回头见我还未离开，笑着说："你不用担心，你的数学成绩进步如此之快，中考应该是没有问题的。"

没过几天，我终于尝到了中考的滋味。在数学考试中，我突然得了重感冒，头脑发胀，眼睛模糊。我当时真的有过放弃的念头，但一看到眼前熟悉的数学题，仿佛就感觉他正认真地望着我。我不能放弃，我不能有负于他对我的肯定，我挺了过去。报分数那天，当得知一年前数学惨不忍睹的我竟然考了115分时，激动的泪水再也忍不住从脸颊上淌了下来。

接下来的日子，我再也没有见到他。在妈妈为把我送进哪所重点中学而犹豫不决时，我的心情却异常抑郁，对我来说，去哪所学校都一样，都意味着结束。次日，我又被妈妈拉进了寺庙。跪在菩萨面前，我默默地祈祷他能找到属于他自己的快乐与幸福,然后轻轻地叩了三个头,也许这才是一个苦涩而完美的句号。

偶然间,在杂志上看见一句话:也许有一些人,注定就是我们生命中的流星,总在我们年少的岁月中经历着从牢记到淡忘的过程。在泪水中抚慰伤痕,原来成长真的是一种放弃,或者说是一种不得不放弃的过程啊……

(文章收入本书时有删改)

悦读指津

歌德曾说过:"哪个少男不善钟情,哪个少女不善怀春?"处于青春期的少男少女,喜欢异性和被异性喜欢实在是再正常不过了。成长中的感情是美好的,但这种美好更多是在似有似无之间。且看作者,她对补习老师,从喜欢到依恋,再到默默地祝福,平淡却又深情,朦胧而又美好。成长总要付出代价,这代价就是放弃。

成长是一种群居的孤独

一路花开

我跟形影不离的死党说:"不知老头和我有什么过节,非要把高屿川调来和我同桌。我保证,你从来没有尝试过那种痛不欲生的滋味儿。"

自从和高屿川同桌之后,这些话便成了我的口头禅,每每碰到相熟的同学、玩友,我就一定会把高屿川这个陌生的名字频繁提起,并不厌其烦口若悬河地背诵一切与他有关的英雄事迹。

你可以容忍一个五音不全还成天哼唱周杰伦歌曲的男生,但你绝对不能忍受一个生在80年代却拼死酷爱黄梅戏的小子。我承认，那是国粹，可也不能以牺牲旁人的快乐作为发扬光大的先决条件吧？

高屿川调来的第一天下午，我有了一节终生难忘的音乐课。不知是谁出的馊主意，竟以每张课桌为单位，进行高难度的歌曲串烧。说实话，这点伎俩对于热衷追星的我来说的确是小菜一碟。可遗憾的是，我的同桌不是别人，偏偏是呆头呆脑的高屿川。

前排真够缺德，只唱了《七里香》的头一句："窗外的麻雀，在电线杆上多嘴。"我想了想，告诉愣在一旁的高屿川："唱啊，这个可以接火风的《大花轿》，里面有一句'嘴里头笑的是哟啊哟啊哟，我心里头美得是哪个哩个啷……'"

我说高屿川是英雄，一点儿也没错，这个时候，他还一心想着老掉牙的黄梅戏："我不会，我不会唱，我只会黄梅戏！"

"你想害死我是吧？听着，我给你唱一遍，你照样喊出来就是了。"真后悔当初没让高屿川坐靠窗的位置，才酿成今天的尴尬局面。

高屿川的听力绝对有问题。我明明哼"嘴里头笑的是哟啊哟啊哟"，他偏给我喊成了"嘴里头扛的大大泡泡糖"。

结果丢人不说，还被众人推上了讲台，硬逼着出一个满意的节目。就我而言，出节目简单，随便唱首歌跳段舞都行，但游戏规则赫然写着要两人一起表演。

我跟高屿川说周杰伦，他说不会。我说林俊杰，他说没听过。我一退再退，选了一个叔叔辈的歌手刘德华，他才跟我说有点儿熟。商量了大半天没个定数，台下嘘声一片。无奈之下，我只好哭丧着脸说："来吧，树上的鸟儿成双对！"

我保证，我李兴海从来没有那么丢过人。事后，我不得不和高屿川划清个人阵线。从此不管是音乐课游戏还是体育课比赛，我都坚决不和高屿川一道。就这样，我跑到后排座位上的时间越来越多，和高屿川说话的机会也越来越少。

高屿川终于从我的同桌记忆里剥离了出去。他坐在孤零零的位置上，一个人朗读课文，一个人背诵英语，一个人发呆，一个人接受全班的哄堂大笑。

有时，无意中看到班上的坏男生捉弄高屿川，看到他惊慌失措的侧影，我会隐隐责备自己的残忍。如果当初我坦然一些，接受高屿川的木讷，是否就能让他免受这些恼人的嘲笑？而心无城府又能守口如瓶的他，是否也就会成为我无话不谈的知心朋友？

我始终放不下年少的自尊，再坐回那个熟悉的位置。而事实上，当年的我，不论坐在何处，都能清楚地觉察到一抹深深的孤独。

我的心里承载着许多不可与人相言的秘密。譬如，我偷偷对隔壁班的一位女生动了心；譬如，我犯下了许多使我懊丧的错误；再譬如，我已经有了一个迷茫的梦想，常常在心里困惑，却不知该向谁说。

时光从不因为这样那样的原因停下脚步。我，高屿川，以及昔日那帮喜欢嘲弄旁人的坏男孩儿，都被无情的青春领入了各自的人生轨迹。我们慢慢和学堂脱离，不复相见，也渐然懂得了成长的代价。

可那些在少年时期使我们忧伤的问题，依然不曾得到诠释。它们依旧残留在后来的人生里，迫使我们怀念那段不知如何过来的青涩岁月。

其实成长，就是一种群居的孤独。

（文章收入本书时有删改）

悦读指津

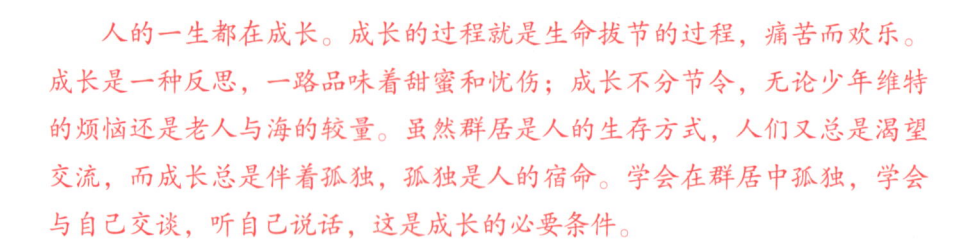

人的一生都在成长。成长的过程就是生命拔节的过程，痛苦而欢乐。成长是一种反思，一路品味着甜蜜和忧伤；成长不分节令，无论少年维特的烦恼还是老人与海的较量。虽然群居是人的生存方式，人们又总是渴望交流，而成长总是伴着孤独，孤独是人的宿命。学会在群居中孤独，学会与自己交谈，听自己说话，这是成长的必要条件。

美丽的歧视

胡子宏

高考落榜，对于一个正值青春花季的年轻人，无疑是一个打击。8年前，我的同学大伟就正处于这种境地，而我刚考上了京城的一所大学。

当我进入大学三年级时，有一日大伟忽然在校园里寻到了我，原来，他也是北京某名牌大学的一员了。

"祝贺你——"我说。

"是该祝贺。你知道吗？两年前我一直认为自己完了，没什么出息了，可父母对我抱有很大的希望，我被迫去复读——你知道'被迫'是一种什么滋味吗？在复读班，我的成绩是倒数第五……"

"可你现在……"我迷惑了。

"你接着听我说。有一次那个教英语的张老师让我在课堂上背单词。那会儿我正读一本武侠小说。张老师很生气，说：大伟，你真是没出息，你不仅糟蹋爹娘的钱，还耗费自己的青春。如果你能考上大学，全世界就没有文盲了。我当时仿佛要炸开了，我噌地跳离座位，跨到讲台上指着老师说：你不要瞧不起人，我此生必定要上大学。说着我把那本武侠小说撕得粉碎。你知道，第一次高考我分数差了100多分，可第二年我差17分，今年高考，我竟超了80多分……我真想找到张老师，告诉他：我不是孬种……"

3年后，我回到我高中的母校，班主任告诉我，教英语的张老师得了骨癌。我去看他，他兴致很高，其间，我忍不住提起了大伟的事……

张老师突然老泪纵横。过了一会儿，他让老伴取来了一帧旧照片，照片上，一位书生正在巴黎的埃菲尔铁塔下微笑。

张老师说："18年前，他是我教的那个班里最聪明也最不用功的学生。有一次，我在课堂上讲：像你这样的学生，如果考上大学，我头朝地向下转三圈……"

"后来呢？"我问。

"后来同大伟一样。"张老师言语哽咽着说，"对有的学生，一般的鼓励是没有用的，关键是要用锋利的刀子去做他们心灵的手术——你相信吗？很多时候，别人的歧视能使我们激发出心底最坚强的力量。"

两个月后，张老师离开了人世。

又过了4年，我出差至京，意外的在大街上遇到大伟，读博士的他正携了女友悠闲地购物。我给大伟讲了张老师的那席话……

在熙熙攘攘的人群中，大伟突然泪流满面。

在那以后的时光里，我一直回味着大伟所遭遇的满含爱意却又非常残酷的歧视。我感到，那"歧视"蕴含一种催人奋进的力量。对大伟和那位埃菲尔铁塔下留影的学生来说，在他们的人生征途中，张老师的"歧视"肯定是最宝贵、最美丽的。

（文章收入本书时有删改）

悦读指津

歧视是一把刀，让人生畏，避之不及，但是它可以割去腐肉。瞬间的疼痛也许会令人难以忍受，但伤口愈合后，我们却变得更加强健。治病的手段有多种，但都有爱的成分在里面，残酷的歧视也因爱而美丽起来。但倘若承受不住，便会一击倒下，元气大伤，成功便更加遥不可及。美丽的歧视，只有在坚强的人身上才具有神奇的力量！

生命中的那个夏天

牧 村

15岁那年夏天刚开始的时候，我做了有生以来最大胆的举动。

那天离放学还早，我不顾老师和同学们的百般阻拦，背起书包离开了学校。快到村口时，我把书包毅然扔进路旁的水沟里，头也不回地走了。

回到家，爹正在给牛筛草，看见我，愣了愣，问，放学了？

我在内心里做好了挨打的准备。不念了，我说。

为啥，爹问。

听老师讲课像听天书。说完，我盯着爹的手和脚，它们很安静，丝毫看不出有扇耳光和踢屁股的欲望。

那明儿帮我做活儿吧。说这话时，爹连筛草的动作都没停。

我心里的一块巨石落地，真没想到爹会答应得这样痛快。

第二天，天刚蒙蒙亮，我就被爹叫醒了，让我跟他去锄地。走在晨光熹微的小路上，我有一种雄赳赳气昂昂的感觉。可在地里干了一会儿，我的欢实劲就没了。这地实在太硬了，不用力锄刀就进不去。锄了不到三条垄，我就两臂酸痛，手掌起了泡。后来，手掌上的泡都磨破了，露出里面的嫩肉，钻心地疼。好不容易挨到了中午，我疲惫地回到家里。

吃完饭，本以为能睡个午觉，可是爹又扛起锄头拿着镰刀走了，我只得无奈地跟着，顶着头上火红的太阳。爹到了地里就脱去上衣，露出古铜色的皮肤。我也效仿。刚开始感觉有微风轻拂，可是不一会儿，我没经过太阳锤炼的皮肤就被炙烤得火辣辣的疼，一揭一层皮。我只好赶紧穿上衣服，汗水把衣服湿透了，黏腻腻的。整个下午我都在湿热中饱受煎熬。

终于要回家了，爹像个割草机一样飞快地割了小山一样的两垛草，他背起了其中一垛。我背起另一垛，还没背起来就被压趴下了，我想喊爹，可他早走没影了。我费劲地爬起来，把这垛草连拖带推终于弄回了家。到家时，天已经黑透了。

吃完饭，刚要睡觉，爹又叫我和他一起给牛铡草。忙完，快半夜了，我浑身瘫软地扑到炕上，脑袋还没找到枕头就睡着了……

一连许多天都是这样，我被爹支使得像个陀螺，没有一刻停歇。我的身体酸痛，手上和脚上长满了老茧，对劳动重新有了深刻的认识。

学校离我家不远，在干活的间隙，偶尔会听到从学校方向传来的同学们的嬉闹声。我轻叹一口气，如果我不那么轻易地离开学校的话，那么此时在校园里奔跑的人群中应该有我的身影。看我愣怔，爹总会重重地咳起来，提醒我继续干活儿。

地总算锄完了，我长出了一口气，以为到了农人最潇洒的时光，我也可以歇歇了。没想到爹套上牛车，让我跟他一起去拉石头。

来到石场，我看到每一块石头都有七八十斤重，且都棱角如刀。见我发怵，爹讥讽说，光会看，石头是跑不到车上的。我有些生气，冲动地跑到一块石头前，弯下腰，企图搬起它。可我涨红了脸，它却纹丝不动。我不得不重新调整，长出一口气，双手抠住石头底部，然后把整个胸膛都压在上面，持续了十几秒，石头终于离开了地面。我吃力地迈动双脚，把石头送到牛车上，卸去重担，顿觉眼前发黑，嗓子眼发干。

就这样干了一上午，牛车来来回回不知拉了多少趟。我彻底累垮了，两手血迹斑斑，胸膛和肚皮也被划烂了。爹却看也不看我，只是搬石头和吆喝牛。我心凉如水。爹以前不是这样的，虽然脾气暴躁，可对我还是挺关心的，我就是咳嗽几声，他也要问问。如今，他对我，像对不相干的外人。

中午，我是被牛车拉回家的。崎岖的山路，老牛车几乎颠散了我的骨头。我饭也没吃，倒在炕上，那种感觉就像奄奄一息。

下午，爹又套上了牛车，对我说，走啦，再不走，后半晌儿就不出活了。

我没有动。

爹怒吼，满院子都听见，以后的路长着呢，这一点点累就受不了？

我眼里含着泪，猛地坐起来。到了山上，我望着满山像牛犊子一样的石头，苦笑了一下，我想我也许会死在这里，在太阳落山之前。

结果，我没有熬到太阳落山，在搬第一块大石头时就出事了。我倾尽全力搬起了它，刚刚搬起迈了一小步，我就再也抓不住了，脱手时我下意识地把脚往回撤，可左脚慢了点儿，石头砸在了上面，血立即从鞋里渗出来。这下，爹不能不管我了，背着我上了乡卫生院。

到了医院，医生扒下我的鞋，里面血肉模糊，我的两根脚趾粉碎性骨折。医生知道出事的原因后，生气地埋怨爹，这么小的孩子你就让他做那么重的活，你是不是他的亲老子？

爹说，土里刨食的孩子，靠体力吃饭，不锻炼哪行？语气是淡淡的。

听完这话我就哭了。脱鞋和用酒精消毒的时候，我都没有哭。可此时，我的眼泪像决堤的洪水，再也抑制不住。我感到悔恨和委屈，我听到自己的身体里有一个声音在喊：我不要过这种土里刨食的日子！

15岁那年夏天剩余的时光，我是在炕上度过的，在百无聊赖地听了无数遍的鸟叫和蝉鸣后，一个想法逐渐尘埃落定。在秋季学校开学的时候，我对爹说，我要重新上学。

爹说，能读好吗？

我说，能。

爹再没说什么，打开柜递给我一个书包，就是被我扔进村口臭水沟里的那个，不过现在它已经被爹洗干净了。

我背着它，一瘸一拐地重新走进校园。后来，我努力读书，毕业后成了一名光荣的教师。

15岁那年夏天的遭遇让我终生铭记。在以后无数个日子里，我多次想和爹谈谈那个夏天，可是爹已经老了，即使对着他的耳朵大喊，他也会常常听错。也许关于生命中的那个夏天，我只有独自体味了。

（文章收入本书时有删改）

悦读指津

青春期的孩子，易做傻事、蠢事，却总觉得自己的选择是对的。生活的艰难在他的想象里缩水，学习的困难在他的脑海里放大。许多道理，别人讲过，自己看过，却只是知道而已，经历才是最好的老师。正如有句话所说的，听过的会忘记，看过的会记住，做过的才会理解。知道艰难，所以渴求改变，渴求促生了新的选择，选择改写了人生。

人生可能是一条曲线

包利民

先说第一个人。

他叫张朝南，乡村教师，朴实敦厚，典型的山里汉子。他有太多的事迹可以让那一方人永远记住他，为了二十几个学生能顺利上学读书，他变卖了所有的家当，住在学校里，苦苦地支撑着几个村唯一的小学。作为一个极偏远山区的民办教师，他的工资不仅少得可怜，而且被长年拖欠着，甚至他连家都没成。每年涨山洪的季节，他都要亲自去接送各村的学生，在危险地段，他便背着学生蹚过河水。他的事迹上过报纸，可除了得到一点虚名外，于他，于他的学校，没有丝毫的改变。

直到暴发那场最大的泥石流。那一次，张朝南在生死边缘徘徊了无数次，救下了21名学生，却终有一个孩子被泥石流吞噬了生命。他自责自怨，无法面对那如花的生命在自己面前陨落。那次灾难之后，他便放弃了教师职业。

再讲讲第二个人。

此人叫凌厉。人如其名，他在那个圈子里绝对是人人谈之色变的人物。他是一个保镖，花高价雇他的人极其放心。他的身手，10个经过专业训练的大汉也不是对手，他冷酷无情，从不心慈手软。在某场地下商业纷争中，他和雇主面对几十个人，在谈崩了的情况下，他能将雇主安然带回，身后是放倒了一地的打手。这件事，很快成了保镖界的传奇神话。

凌厉的人生，注定是充满着传奇色彩的。他也曾有过多次生死悬于一线的时刻，赚到过很多的钱，算也算不清。不过再美的神话也有落幕的时候，他终因遇人不淑，在拼死保护一个大毒贩时，被警方生擒。神话终结之处，是萧萧的铁窗生涯。

最后一个人。

这是一个地位尊崇的企业家，叫封平，年近半百才开始创业，在短短几年内将一个小门面发展成大集团公司，让许多业内人士和记者惊为天人。是的，在当今竞争如此激烈残酷的现实之中，他能在几年之中迅速崛起，非是高智商不能如此。年过六旬的封平事业如日中天，不过他很低调，丝毫没有大富豪的派头和霸气。令人感到惊奇的是，他竟然是单身，不知是丧失亲人还是终身未娶。只是听人说在他的办公桌上，摆着一张小女孩的照片，这让人们平添了许多猜想。

然而，更让人难以相信的是，封平一夜之间卖出了集团中自己所有的股份，甚至，那天文数字的财产他也全都捐了出去。这在国内是够惊世骇俗的了。有人说，他孤身一人，挣那么多钱也没人分享，自然捐了。不管怎样，封平做到了，而且一下子从人们的视线中消失了，连那些为挖新闻无孔不入的记者们也寻不到他的任何的踪迹，就像他从未曾出现过、辉煌过。

张朝南、凌厉、封平，三个人，三种人生，三种不同的境遇，却相同地震撼了太多的人。我是在一个青年教育中心听到关于这三个人的事，当时，一个老者正在给台下数百名问题青年讲课，讲的就是这三个人。那些问题青年，都是游走于法律边缘的人，很多的人因为这一堂课而悬崖勒马。因为曾经，每个人的梦都是纤尘不染的。

现在，接着讲这三个人的故事。

张朝南不当教师以后，依旧惦记着山里的孩子，为他们的教育问题困扰。最后，他决定去城里打工，想多挣些钱以改变山里的教育现状。可是进城不久，他便发现了挣钱的艰难，而朴实的他也因钱的诱惑而慢慢偏离生命的正轨，开始为挣钱而拼命。于是，保镖凌厉出现了。变成凌厉之后，张朝南的钱挣得越来越多，每一次想收手时，都想着再干一次，最终身陷囹圄。10年刑满后，他出狱了，由于给太多的大老板当过贴身保镖，经历的商场事也是一般人所不能及，他开始了自己的商场生涯。几年之后，企业家封平横空出世。他这次及时身退的原因，这些年赚的钱用来捐建了多少所希望小学，只有他自己知道。如今的他，正在一个遥远的山区，在一个崭新的希望小学里，做着迟缓的敲钟人。在他住处的桌子上，仍然摆着那个小女孩的照片，那女孩，就是在那场泥石流中逝去的学生。

不忘初衷，及时悔过，便永远不晚。也许，更多的时候，人生走出的是一条曲线，终点又回到起点，生命也才是最圆满的吧。

（文章收入本书时有删改）

悦读指津

由一名仁爱的山村教师，到处处冒险的保镖，到商界的奇迹，再到山村小学的敲钟人，他的人生像一川江水，在峡谷中辗转拼搏过，在崖壁上奔腾咆哮过，最后冲出峡谷，汇成一条条小溪，安静地流过田野村庄，滋润着大地上的生灵。不忘初衷，及时悔过，人生千回百转后最终又回到了起点，这样一条人生曲线也是圆满的呀！

假如生活欺骗了你

文 浩

很多人都认为自己是生活中某一领域的失败者,他们步入社会后经常提及这样一些问题,也经常讨论这样一些问题,如"为什么老板总是对我挑三拣四呢""为什么我总是这么倒霉呢""为什么他一点都不优秀却总能碰上好运气呢"等。

他们所讲的故事,所给出的理由,当然都是一些关于自己失败的原因和悲剧性的故事,如"我从未曾真正有过一个奔向好前程的机会。你知道,我的父亲是个酒鬼""我是在贫民家庭中长大的,你从你的社会结构中绝对领会不到这种生活""我只受过小学教育""我机遇不好"等。

实质上,这些人都在表明:世界给了他们不公平的待遇。他们是在责备他们身外的世界和境况,责备他们的生活环境。

许多不公平的经历,我们是无法逃避的,也是无法选择的。我们只能接受已经存在的事实并进行自我调整,否则,抗拒不但可能毁了自己的生活,而且也许会使自己精神崩溃。因此,人在无法改变不公和不幸的厄运时,要学会接受它、适应它。

公平不是总存在的,在生活学习的各个方面总有一些不能如意的。但只要适应它,并坚持到底,总能收到意想不到的成效。

在比尔·盖茨读中学的时候,他接到全国最大的国防用品合同商TRW公司的电话,要他南下考试。为了实现自己的梦想,比尔·盖茨征得了学校的同意,参加三个月的"临时工作"。

三个月后,比尔·盖茨回到学校。他补上了三个月中落下的功课,并参加了期末考试。对他来说，电脑当然不在话下，他毫不担心。其他功课他也很快赶上了。结果电脑课老师只给了他一个"B"，原因当然不在于他考试成绩不佳，而是他从不去听这门课，在"学习态度"这一条被扣了分。

但比尔·盖茨并没有抱怨什么，而是接受了这种看起来不公平的现实，并集中精力做数据的编码工作，他成了名副其实的电脑程序员，具备了编程的坚实基础和丰富经验，最终成就了自己享誉全球的事业。

不公平现象的存在是客观的，然而你可以努力不使自己因此而陷入惰性，并可以用自己的智慧进行积极斗争，首先争取从精神上不为这种现象所压垮，然后努力在现实中消除这些现象。

你可以确定自己的切实目标，着手为实现这一目标采取具体步骤，不必顾忌不公平的现象，也无需考虑其他人的行为和思想，事实上人与人之间总是有所不同。别人的境遇如果比你好，那你无论怎样抱怨也不会改变自己的境遇。你应该避免总是提及别人，不要总是拿望远镜瞄着别人。有些人工作不多，报酬却很高；有些人能力不如你强，却因受宠而得到晋升……如果你总是说"他能做，我也能做"，那你就是根据别人的标准生活，你永远不可能开创自己的生活。

与其用生命中的大好时光去做徒劳无益的挣扎，还不如漠然视之，用这些精力去做有意义的事。

如果我们所遇到的不公不是原则性的问题，尚不至于危害个人的生存和发展，那就不必去斤斤计较，来点阿Q式的自我安慰，泰然处之。况且，有些不公平只是一个人的心理感受。同一件事，由于各人的看法和公平的标准不同，感觉也不同。但当我们真正意识到生活并不公平时，我们会对他人也对自己怀有同情，而同情是一种由衷的情感，所到之处都会散发出充满爱意的仁慈。当你发现自己在思考世界上的种种不公正时，可以提醒自己这一基本的事实。你或许会惊奇地发现它会将你从自我怜悯中拉出来，让你采取一些具有积极意义的行动。

总之，我们承认生活是不平等的客观事实，并不意味着一切消极的开始，正因为我们接受了这个事实，我们才能放平心态，找到属于自己的人生定位。

（文章收入本书时有删改）

悦读指津

　　许多人会觉得生活对他不公平：他最刻苦，但成绩总不理想；他最适合某个职位，但机会给了不如他的人；他好心帮助别人，却被误解……其实公平只是人们的一种理想，而不公平是一种客观存在。与其用生命中的大好时光去做徒劳无益的挣扎，不如直面它，承认它，接受它，这样才能放平心态，找到属于你自己的人生定位。

10分钟的人生

张皖男

　　父亲与儿子做游戏：10分钟代表一个人的一生，在这10分钟里，每人各翻一本书，从里面找"黄金"这个词，谁找得多谁就赢……

　　计时开始！

　　儿子双目圆睁，父亲逐页寻找。房间里很安静，只听见唰唰的翻书声。

　　"找到一个！"一分钟后儿子兴奋地叫道。

　　"我也找到一个。"父亲叫道。

　　电子表上的数字不紧不慢地跳着。

　　5分钟后儿子蹦起来："第三个找到了！"父亲慌了："我这里'黄金'为啥这么少呢？"

儿子说:"你不会找嘛!要细心!"

电子表上的数字跳得好像更快了。

"第二个!"父亲说。"第四个!"儿子盖过父亲的声音。

到了第八分钟,儿子又一连找到3个"黄金"。最后他一共找到10个,父亲只找到4个。

"爸,你输了。"儿子说。父亲点点头:"我承认我输了。可是就这么完了吗?"

"还要干什么?"儿子问。

"如何使用'黄金',你想了吗?"父亲问。

儿子考虑片刻说:"我要买一大堆巧克力、玩具,买一辆真正的赛车,还要去埃及看金字塔……"

父亲指指电子表:9分10秒。

儿子问:"又怎么了?"父亲笑道:"你那些愿望都不现实。你已经老了,巧克力不敢吃,赛车开不动,金字塔也看不成了。你看,说着说着9分40秒了,10分钟的一生很快就要结束了。"

儿子呆呆地望着父亲。

父亲说:"为了寻找'黄金',你花去了大半生的时间,却难以享用它。其实'黄金'并不宝贵,时间才是最宝贵的,它是每个人的终极资源。"

(文章收入本书时有删改)

悦读指津

这篇文章很短,却能带给我们深深的思考。请试着想象我们的人生只有那短短的十分钟,那么你就会发现,什么才是人生中最珍贵的东西。很多人误把金钱当成人生最宝贵的东西,却从没想过,还有多少时间和精力去享受金钱。其实黄金并不宝贵,时间才是最宝贵的,它是每个人的终极资源,一个会享用时间的人才是真正懂得人生乐趣的人。

你的美，不只是上帝看得到

崔修建

2009年11月最后一个周末，在美国宾夕法尼亚州的莫克小镇，一场隆重的葬礼正在举行。从四面八方自发而来的人们排成了长长的送葬队伍，默默地为因心肌梗死去世的杰夫森送行。也许有人会惊讶，杰夫森不过是一个有着30多年乞讨史的职业乞丐，他平生似乎没有任何英雄壮举，可是，为什么那么多人都异口同声地说他是一个好人，说他的美上帝都看得到？

原来，这个失去了一只臂膀、靠乞讨为生的杰夫森，在30多年的乞丐生涯中，还做了许许多多令人感念的事情，下面就是从中选取的一小部分。

他曾向消防部门报告了3处火险隐患，及时避免了可能发生的重大火灾。

他曾为一位截肢的青年无偿献血500cc，保证了手术的顺利进行。

他曾向遭受飓风的佛罗里达州的灾民捐献了2000美元，而那是他全部积蓄的2/3。

他曾协助警方捣毁了一个贩毒窝点，并多次向警方提供重要的破案线索，被当地警察视为最值得信赖的"眼线"。

他曾花一年多的时间多方奔走，终于帮助两个走失的儿童找到了亲人。

他每年春天都会蹲守在那条繁忙的公路边，悉心地照料那些需要穿越公路去繁殖的青蛙，尽力地帮助它们免遭往来车辆的伤害。他还先后收留过7只流浪猫和3只流浪狗，救助过受伤的猫头鹰和苍鹭。

他山间的简易小屋里，几乎所有的用具都是从垃圾箱中捡来的。他平素生火做饭，都是从山上捡枯枝和树叶做烧材，从没有砍伐过一棵树。他从不乱扔垃圾，没有用的废物，他会背着走上2公里多的山路，送到镇上的垃圾回收站。

他是一个爱美的人，居住的小屋收拾得干干净净，屋前还种了好多花，屋后栽了果树。每次出门乞讨前，他都要换上干净的衣裳，上上下下整饬一番，仿佛是去见尊贵的客人。

不管是否有收获，收获有多少，他常常微笑着，知足地过着每一天，从没有听到他叹息过，更没有听到他抱怨过什么。

葬礼上，牧师宣读了杰夫森放在衣兜里的遗言："我很感激自己能够生活在这样美好的世界里，我一生都在接受人们善意的关注和帮助，都在感受着爱的温暖，我也十分愿意为这个世界留下一些关切和温暖，只是我做得太少了，少得可能连上帝都看不到，但我还是衷心祝愿这个世界越来越美好……"

"杰夫森，你的美，不仅上帝看得到，世间无数双眼睛都看得清清楚楚，不只是今天来为你送行的人，还有许许多多的人，相信他们都会敬重你的美德，都会为你美丽的人生心存敬意。"牧师深情的话语，道出了世人共同的心声。

（文章收入本书时有删改）

悦读指津

一个对世间万物充满爱心的人，一个对别人的帮助心存感激的人，一个有社会责任感的人，一个热爱生活的人——他就是失去了一只臂膀、靠乞讨为生的杰夫森。他的美丽人生让很多自以为高贵的人汗颜，他的美德不只上帝看得到。人的价值在于奉献，而不在于金钱的多寡；人的高贵在于灵魂，而不在于身份的高下。

犟老头托尔斯泰，为自己活过十天

杨林川

有个老头，俄国的，他胡子大，脾气更大。

82岁的时候，他老婆要看他的日记本，他急了，大吼："我的财产给了你，作品给了你，我就剩下这个日记了，你还想要？你还想要？你再这样折磨我，我离家出走。"

这是个犟老头，他这样说，还真这样做了。

一个寒冷的早晨，五点，他离家出走。十天后，他死在一个偏僻的火车小站。

死的时候，他嘴咧得好大，笑得很开心。老天，这一次，他总算活成了自己。

好幸福，这个老头是笑着死的。我以为，他的笑，是在得意这80年来，没有人管束的十天自由。这十天，他享受到生命中最真实的味道。

这十天，他抛弃了野心，抛弃了名利，抛弃了责任，抛弃了所有的亲人和冤家，他，活成了自己。

这个老头叫托尔斯泰，人类历史上伟大的作家之一。

我们活在这个世界上，委实累得紧。从生到死，好像都被许多眼睛监管着，更好像被许多温柔或强壮的手禁锢着。

每当我们想把这些手推开的时候，总会听见有人说："我这是为你好，是在关心你，在教你怎么做人，你别不知好歹。"

是的，我知道你们是为我好，是在关心我。但，其实我很希望你们放弃我一次，行不行？

我就渴望随心所欲过上些日子，哪怕我的结局像那老头一样得肺炎死在车站，我也乐意。我讨厌你们打着爱和关心的旗号，把我训练成一个丰衣足食的模范囚徒。

我以为，与其带着枷锁活上一万年，不如像鸟一样自由飞翔十天。

我得按我自己的想法活着或者死去，别给我指出一条条阳光大道来。哪怕我明明知道那个大道上有你放上的诱饵：大饼、鲜花、奖状。

"他是如此矛盾和不一致的一个人。"托尔斯泰的妻子这样说自己的男人，"在世上无人能真正了解他的需要。"

这话真没错，没有人可以知道别人需要的是什么。但我的需要，我可以很厚颜地告诉大家，六个字：自由！别管着我！

你们得体谅我，我已经和那老头一样，除了日记是自己的，早就赤贫如洗。你们别再想把我独自思考和追求自由的欲望拿走。

托尔斯泰说话很牛，他说："每个人的精神生活是这个人与上帝之间的秘密，别人不该对它有任何要求。"

他这个话，是在死的那年说的，说的时候，他头上已经有了一大堆光环——什么文学巨匠，什么人类最伟大的思想家。可这些带给他的快乐，都不如那离家出走的十天。

那十天，他是自由的，他是真正的托尔斯泰。

他是他自己！

（文章收入本书时有删改）

悦读指津

人从出生那天起，就有一种无形的枷锁在等待着我们，关爱和期盼在监管，责任和义务在驱使，名利和荣耀在诱惑。而且名气越大，枷锁越沉，让我们心力交瘁，焦灼不安。所以，我们不妨学一学托尔斯泰，给自己的心灵放个假，像鸟儿一样自由地飞翔几天。

第三章

成功讲义

一切努力都是为了追求
那事物内在美的实现，
千万别丢了理想，
丢了信念。
要坚信，一切都是为了
更美好的未来。
别催促上帝的安排，
给生活以时间，去把理想实现。

——佩欣斯·斯特朗［英］《给生活以时间》

一粒稻米的耐心

谭海龙

一位立志在40岁非成为亿万富翁不可的先生，在35岁的时候，发现这样的愿望根本达不到，于是放弃工作开始创业，希望能一夜致富。

过了5年他到了40岁，五年间他开过旅行社、咖啡店，还有花店，可惜每次创业都失败，也陷家庭于绝境。他心力交瘁的太太无力说服他重回职场，在无计可施的情况下，跑去寻求一位高僧的帮助。高僧了解状况后对太太说："如果你先生愿意，就请他来一趟吧！"

这位先生虽然来了，但从眼神看得出来，这一趟只是为了敷衍他太太而来。高僧不发一语，带他到寺庙的庭院中，庭中尽是茂密的百年老树。高僧从屋檐下拿起一支扫把，跟这位先生说："如果你能把庭院的落叶扫干净，我会把如何赚到亿万财富的方法告诉你。"

虽然不信，但看到高僧如此严肃，加上亿万财富的诱惑，这位先生心想扫完这庭院还有什么难，就接过扫把开始扫地。过了一个钟头，好不容易从庭院一端扫到另一端，眼见总算扫完了，他拿起簸箕，转身回头准备畚起刚刚扫成一堆堆的落叶时，却看到刚扫过的地上又落了满地的树叶。

懊恼的他只好加快扫地的速度，希望能赶上树叶掉落的速度。但经过一天的尝试，地上的落叶跟刚来的时候一样多。这位先生怒气冲冲地扔掉扫把，跑去找高僧，想问高僧为何这样开他的玩笑。

高僧指着地上的树叶说："欲望像地上扫不尽的落叶，层层盖住了你的耐心。耐心是财富的声音。你心里有一亿的欲望，身上却只有一天的耐心；就像这秋天的落叶，一定要等到冬天叶子都掉光后才能扫得干净，可是你却希望在一天就扫完。"说完，就请夫妻俩回去。

临走时，高僧对这位先生说，为了回报他今天扫地的辛苦，在他们回家的路上会经过一个谷仓，里面有100包用麻布袋装的稻米，每包稻米都有100斤重。如果先生愿意把这些稻米帮他搬到谷仓外，在稻米堆后面会有一扇门，里头有一个宝物箱，里面是善男信女们所捐赠的金子，数量不是很多，就当作今天他扫地与搬稻米的酬劳。

这对夫妻走了一段路后，看到了一间谷仓，里面整整齐齐地堆了约二层楼高的稻米，完全如同高僧的描述。看在金子的份上，这位先生开始一包包地把这些稻米搬到仓外。数小时后，当快搬完时，他看到后面真的有一扇门。他兴奋地推开门，里面确实有一个藏宝箱，箱上并没有上锁，他轻易地打开宝物箱。

他眼睛一亮，宝箱内有一小麻布袋，他拿起麻布袋，解开绳子，伸进手去一抓，可是抓在手上的不是黄金，只是一把黑色小种子。他想也许它们是用来保护黄金的东西，所以将袋子内的东西全倒在地上。但令他大失所望的是，地上没有金块，只有一堆黑色种子及一张纸条，他捡起纸条，上面写着：这里没有黄金。

这位受骗的先生失望地把手中的麻布袋重重摔在墙上，愤怒地转身打开那扇门准备离开，却见高僧站在门外，双手捧着一把种子，轻声说："你刚才所搬的百袋稻米，都是由这一小袋的种子费时四个月长出来的。你的耐心还不如一粒稻米，怎么听得到财富的声音？"

显然，只有耐心的人才听得到财富的声音。

（文章收入本书时有删改）

悦读指津

"不积跬步，无以至千里；不积小流，无以成江海。"耐心等待，辅之以艰苦卓绝的劳动，成功才能一步步向你走近。四年黑暗的蛰伏，一月日光中的享乐，这是蝉的生活；四个月的生长，百袋的收获，这是稻米的耐心。

至少我还有一双完美的腿

曲 辉

袖管空空的刘伟第一次出现在《中国达人秀》现场,全场震动,评委与观众都自发站起来为他鼓掌欢呼。刘伟安静脱鞋、抬脚,轻盈移动脚尖,理查德《梦中的婚礼》的旋律从脚底潺潺流出。

评委高晓松问他:你是怎样做到的?刘伟只说了一句话,却在最短时间成了媒体流传的金句:"我觉得我的人生中只有两条路,要么赶紧死,要么精彩地活着。没有人规定钢琴一定是要用手弹的。"

在达人秀的全国决赛中,刘伟拿下冠军,为颁奖嘉宾陈凯歌心目中的"达人精神"做出了最好的注解:"凭借自己的努力,把不可能变为可能。活着,爱着,梦想着,这就是达人精神。达人秀崇尚的是创意、自信、希望和对生活的热爱。"

命运的残酷考验

身为80后的刘伟,从小就显露了运动方面的天赋:热爱足球,小学三年级就已当上了绿茵俱乐部二线队的队长。如果没有变故,他很可能沿着儿时的足球梦这么一路跑下去。

10岁的一天,是他美好童年的终止。玩捉迷藏的时候,刘伟不慎触到了高压线,10万伏的高压电流瞬间穿过了他的全身。

醒来时,刘伟已经彻底失去了双臂。后来他说:"当时我的脑袋一片空白,傻了。"

"昏迷了6天,醒来时问我妈,是不是拿去治疗了?好了能再接上吗？我妈说是。善意的谎言持续了45天，等生命危险期过了，她才告诉我真相。我基本上有2天的时间就是躺在床上看着白炽灯，也不知道在想什么，然后自己流泪。"

看着每天有车推着蒙着布的尸体离开，他就会想，也许有一天自己就会躺在那里，被别人推进去。

让他振作起来的，是同样失去双臂的北京市残联副主席刘京生。"他给我示范如何刷牙、洗脸。我问他，你可以写字吗？他用笔给我写下一句话：'拿起笔，你能做得更多。'这一句话让我受益终身。"

锻炼双脚的过程是艰难而痛苦的，练肿了、磨出血来都是常事。"现在，我像正常人一样生活，用手机，用电脑，弹钢琴，写东西，穿衣叠被，上卫生间……"

康复后，他拒绝了留级，回到原来的班里。期末考试时，他仍居全班前三名。

"从那个时候起，我开始努力学习了。任何事情我只要想学，就能学得很快，做得比别人好。"他在12岁时开始学游泳，后来进入了北京市残疾人游泳队。短短两年后，他凭着惊人的毅力，在全国残疾人游泳锦标赛上获得了两项冠军。

刘伟对母亲许下承诺：在2008年的残奥会上拿一枚金牌回来。而此时，另一个突如其来的巨大挫折降临：高压电损伤身体免疫力的后遗症开始显现，他患上了过敏性紫癜。如果继续训练，将来很有可能会患上更为严重的红斑狼疮或白血病，危及生命。刘伟满怀憧憬的第二次运动生涯，就这样彻底终止了。

谢谢你这么歧视我

那时他还面临着高考，家人主张成绩不错的他继续读书，但他成功说服了家人，把希望和努力放在了另一项爱好——音乐上。刘伟找到了一家私立音乐学校，提出入学申请，然而校长以"影响校容"为借口无情地拒绝了他。

强烈的自尊心刹那间被激发出来，刘伟说："谢谢你这么歧视我，我会让你看看我是怎么做的。"收入并不高的父母借钱为他买下了一架钢琴，他决定自学。

"第一次坐在钢琴前，一共88个键，我都不知道要弹哪个，后来下意识地弹了一个标准音，我觉得是我触动了它，是我让它发出声音来的。这种感觉很微妙，也许弹得并不好，但至少是通过我发出的声音。"

然而钢琴毕竟是为手设计的，用脚弹琴，需要惊人的勇气和想象力。他自己摸索出了一套"趾法"，每天练琴的时间超过7小时，脚趾不知被磨破了多少次。琴凳比琴键矮，人坐在上面抬脚很容易摔下来，为此家人为他特别订制了一个琴凳。坐在上面弹琴，腹部、腰部、腿部共同使劲儿，一天下来他腰酸腹痛，双脚抽筋。渐渐地，他从只会弹音阶到能弹《雪绒花》。虽然没有资格参加钢琴考级，但现在他已经能弹较难的曲子了。

他曾参加过《快乐男声》的预选。"我还没唱几句就被打断，当把钢琴抬进去表演时，演奏不到一半，就又被评委很不耐烦地打断了，然后评委一句话也不说。"这样的冷遇，对刘伟来说已是稀松平常。

从容是一种境界

一夜之间，他成为万众瞩目的焦点，工作档期已经排到了第二年。他还接到了大量商演邀请，价码达到一场30万元。对此，刘伟声称自己绝不以名利为前提："慈善公益演出我可能会参加，但商业性质的肯定没有。"

评委周立波对刘伟说："如果说从容是一种境界，你做到了；如果说淡泊是一种境界，你也做到了。"

刘伟说："面对荣誉、名次、奖杯，现在的我真的可以做到从容淡泊，因为我明白，那些高高的山峰只有一步一个脚印才能到达，那些鲜花和掌声也只有坚持不懈的努力才配拥有。"

"评委问我，如果10年前的你站在面前，你想对他说什么？我会说：'谢谢你还活着，让我能干这么多事。'我是受别人一句话的影响，生活才慢慢回归正轨，我希望我也能够给别人一丁点儿鼓励。"

刘伟的梦想是成为一流的音乐制作人，他仍在苦学音乐创作和钢琴，希望能够把自己推上一个更耀眼的舞台，以更强的实力回应所有的质疑。他说："每一个人都要对自己的梦想负责，希望大家可以坚持做自己喜欢的事情。我不抱怨什么，至少我还有一双完美的腿。"

（文章收入本书时有删改）

悦读指津

在《中国达人秀》上，人们记住了一个用脚趾弹奏钢琴的倔强身影。他脚底下流淌的音乐展示着生命的顽强与精彩，失去双臂的他创造了人生的奇迹。他说："我的人生只有两条路，要么赶紧死，要么精彩地活着。"刘伟的精彩和外表无关，他的精彩来源于内心的强大，诚如刘伟所言："只要内心强大，人就会强大！"

配角的精彩

郭　东

放眼如今的中国电影界，塑造了最经典的配角角色的演员应该是周星驰了。他是如此成功，但是当他被请到北京大学演讲，有同学问及他的第一个荧幕角色时，他却有点儿含糊其辞。倒是我们的北大学子，大声地宣布了他的第一个角色。当然，现在我们大家都知道的了，那是《射雕英雄传》中的宋兵乙，一个"跑龙套"的小角色。

也许周星驰真的已经忘记了他的第一个角色，但是他真的会忘记吗？他是如此敬业，在电影《喜剧之王》中，当大家说他扮演的角色是"跑龙套的"时候，他马上庄严地说："对不起，我是演员。"这样看重自己演艺生命、尊重自己艺术角色的一个艺人，会忘掉自己的第一个角色？不大可能。也许，他有那么一丝对配角的淡忘？毕竟，一个当惯了主角的人会在一瞬忘记自己最初只是一个配角，这合乎情理。

其实，内地有类似于《喜剧之王》这样的电影以及这样的角色。梁天曾经在《喜剧明星》这部电影中，把自己对电影事业的喜爱和尊重演绎得淋漓尽致，当他激动地告诉朋友自己终于上了银幕，大家欢天喜地跑到电影院等着看他出场时，却只看到了一个后脑勺……但是，他没有放弃。当然，后来的梁天真的成了喜剧明星。当年的"长影三笑"，除了梁天，还有谢园与葛优，哪一个不是从配角走到了今天的位置？如今的著名笑星葛优，当年的"优"却是忧愁的"忧"，而他则用自己的努力，不仅换掉了自己的名字，更换来了自己的精彩生活。

人生如戏，只有尊重属于自己的角色，才能获得属于自己的辉煌。尽管今天的星爷已经是如日中天，但是我们依然能从他的灿烂光华下看到别的星星闪耀。吴孟达、黄一飞、黄一强、刘建仁（经典的如花姑娘）……都成了我们今天津津乐道的电影明星。他们和星爷在一起排戏的时候，并没有因为主角的光环太绚烂而感到心灰意冷，更没有敷衍属于自己的角色，而是勤勉地诠释着、拼搏着，终于也获得了自己的成功，给我们留下了一个个难忘的银幕形象，同时改变着他们自己的人生。

人，没有生来的主角，也没有生来就是做配角的。有的人从配角开始，一步一步做到了主角，也有的人一辈子都只能是配角。但是，无论我们在人生中扮演的是什么角色，我们都要尊重自己的角色，要努力让自己的角色"出彩"。扮演了一辈子配角的老演员朱旭在人艺演出，谢幕的时候，全场观众都站起来为他鼓掌。这就是一种精彩的人生。更多的时候我们并不能够听到他人的掌声，那么就让我们为自己鼓掌吧。

（文章收入本书时有删改）

悦读指津

> 大千世界，芸芸众生，主角的位置毕竟有限，大多数人都得做配角。甘做配角，是一种人生智慧，把配角做到精彩，是一种成功。一位哲人说过，主角有些时候是配角，配角有些时候也是主角。在舞台的某一个角落里，配角就是主角。把配角做到极致的时候，你就会成为人生的主角，把配角演绎得精彩，你也会登上人生奥斯卡的领奖台。

谢谢你曾那样嘲笑我

纳兰泽芸

英国哲学家托马斯·布朗说，当你嘲笑别人的缺陷时，却不知道这些缺陷也在你内心嘲笑着你自己。

诚哉斯言！

我们留意一下，就会发现，往往那些喜欢嘲笑别人的人，一辈子毫无建树，无声无息地消逝于时间的河流里，泛不起哪怕一丝浪花。

而往往那些被嘲笑之人，却奋发图强，逐渐以顽强的生命力在痛苦的泥淖里，开出夺目的人生之花。

耶鲁大学博士、台湾大学哲学系教授、影响全球华人的国学大师傅佩荣先生，他在海内外进行国学演讲两千多场，在教学、研究、写作、演讲、翻译等方面都取得了卓越的成就。他的"哲学与人生"课在台湾大学开设17年以来都座无虚席。2009年，他受央视邀请，在《百家讲坛》主讲《孟子的智慧》，得到广泛认同。

然而，就是这样一位成就卓著的学者和演讲家，却曾饱受嘲弄与歧视。

傅佩荣从小讲话有一些口吃，这常常被人视为笑柄，嘲弄的话语与眼神曾经深深刺伤过他的心。后来，他经过多年奋斗终于成为众人敬仰的作家、教授、演说家。

然而，他仍然保持着极其谦逊和为他人着想的习惯。某次在一个炎夏之日他赴一个访谈之约，赤日如火他仍坚持穿着笔挺的西服。接受访谈时，因未设麦克风，他只能大声说话，到后来嗓子都哑了。他说：坚持穿西服正装和大声说话，是对台下观众的尊重。没有麦克风，如果不大声点，观众就会听不清。

许多人都说傅佩荣谦逊，没有名人的所谓"大架子"。他说：曾经口吃的痛苦经历使我改变了两点：第一，我终生都不会嘲笑别人，因为我从小被人嘲笑，知道被嘲笑的滋味，现在就没有什么优越感。第二，我非常珍惜每一次说话的机会，因为我曾经不能说话，所以现在当有机会表达的时候我就会很珍惜。

同样从小有着一些口吃的美国副总统拜登，曾经也是受尽了别人的嘲弄与讥讽。读书的时候，需要在课堂上当众朗读课文的时候，他读不出来，引起哄堂大笑，还被许多人起了难堪的外号。上高中时，学校里每天早晨有一项活动，让每个学生在全校学生面前做自我介绍。然而，因为拜登口吃，老师干脆不让他参加这项活动了。

当所有的同学都在操场上，只有他一个人被留在教室里，他难过得落泪，觉得自己就像被戴了高帽子站在墙角挨罚一样。他决心一定要摘除这个命运强加给他的"紧箍咒"，以极大的毅力坚持每天对着镜子朗诵、背诵大段大段的文章，天长日久，他不但摘除了这个"紧箍咒"，而且为日后成为一名出色的演说家奠定了坚实的基础。

生于一个爱尔兰移民家庭，父亲不过是一名普通的推销员，没有任何背景与资历的他，三十岁，就成为美国国会最年轻的参议员。后来曾两次参加选举，虽然没能胜出，但赢得了对手奥巴马的尊重，奥巴马非常欣赏他身上那股坚韧、正直且不乏柔情的劲儿。

成为万民敬仰的出色演说家及国家副总统之后，拜登说：现在回忆起来，那段口吃使我难堪的日子，即使能够避免，我也不想避免。这个毛病最后变成了上帝对我的恩赐，使我在别人的嘲弄里，成为一个更好的人。

被人嘲笑是痛苦的，然而，这种痛苦是一种人生的推动力，催人奋进，激发潜能。

是的，那些刺耳的嘲笑，那些无情的眼神，是一把把的刀，刺进你的心。

可是，记住，别拔它，就让它插在你的心上，然后忍住痛，跋涉。当你跋涉到一个高度的时候，你的热血会沸腾，会变成一股烈焰，熔化那把尖刀。

然后，你含着热泪回望。笑吧——那些曾经嘲笑你的人，渺小得早已不在你的视野之中。

（文章收入本书时有删改）

悦读指津

人往往会遇到冷嘲热讽，当你某些方面不如别人时，当你的某种想法不为人理解时，你都有可能遭遇嘲笑。面对嘲笑，不要在意被嘲笑这件事情本身，而要像傅佩荣和拜登一样把受嘲之耻化为前进之勇，把缺陷作为成功的突破口，开掘出一条成功的通道。未经清贫难成人，不经打击总天真，嘲笑正是成功路上醒神清脑的良药。

小人物和大人物相差的唯一一步

娄底人

2010年10月1日，美国人卡尔洛斯因心肌梗死逝世，声名显赫的《华盛顿邮报》居然在头版刊登了他的讣闻与故事，这是最重要的名人才能享受的待遇。

在世俗眼里，卖卷饼为生的卡尔洛斯肯定不算什么成功人士。1981年卡尔洛斯的祖国萨尔瓦多发生内战，为了逃离战火，17岁的他来到美国。最初一些年，卡尔洛斯刷油漆、打小工，尝尽生活的艰辛。1990年，他分期付款购置了一个有执照的食品车，在华盛顿街头做了小贩，最初是卖热狗，后来改卖有家乡特色的卷饼，一卖就是二十年。

卡尔洛斯做小贩有两个"绝招"，一是细心到让你感动的程度，二是真诚地将顾客当朋友。他的卷饼摊有好几百位常客，他都能记住他们喜欢吃什么，使顾客不禁联想到小时候妈妈的关切。在为顾客提供服务的同时，他还会主动跟顾客聊天，出自内心地"希望你今天心情愉快"。在市长协会工作的谢尔曼每天早上都会在卡尔洛斯的小推车上买一杯咖啡，卡尔洛斯每次都要与他聊天，时间长达将近20分钟。卡尔洛斯也喜欢跟在附近一家专业机构做律师的罗布特·泰格聊天，有时几分钟，有时很长一段时间，谈论彼此感兴趣的孩子和足球。慢慢地，卡尔洛斯的卷饼摊成为当地的一个标志，一些上班族心中不可缺少的圣地。

卡尔洛斯的真诚换来顾客们对他的由衷喜欢和尊敬，许多人成了他的好朋友，他们出差在外地或异国他乡，总不忘给他寄一张明信片，明信片的邮收地址居然是"17街和K街路口的卡尔洛斯卷饼摊"。神奇的是，这样充满模糊性的邮收地址居然能保证卡尔洛斯长年收到信件。

　　然而，命运有时喜欢跟好人作对。不久前，正当盛年的卡尔洛斯走到了自己生命的终点。消息传来，他的顾客非常悲痛。10月5日晚上，有上百人在盖城参加了卡尔洛斯的追思会，其中很多是城里的上班族，他们和卡尔洛斯的关系仅仅就是那个热气腾腾的卷饼摊。10月6日，卡尔洛斯的妻子卡尔曼·戴阿兹率儿女来到17街与K街路口，与卡尔洛斯一生中最重要的工作场所做最后告别。数百名顾客络绎不绝地来到这里，向卡尔洛斯的遗像献花致哀，这些人中有议员、律师、实习生、流浪者。有的顾客嘴唇紧闭，用双手支撑垂下的脑袋，有的顾客谈起他时声音哽咽，有的顾客当场痛哭失声。

　　小人物与大人物永远只是两个相对的概念，它们之间并无绝对的鸿沟。卡尔洛斯算是小人物了吧，他没有高人一等的智慧，没有出类拔萃的才华，没有足够的社会地位，没有炫目的金钱，做的也是缺乏技术含量的普通工作，然而，这个小人物能用全部的热情和友善去工作，通过自己的态度带动周围人的善意。正是这种巨大而持久的社会影响力，使他赢得了他人的尊敬，变成了事实上的大人物。

（文章收入本书时有删改）

悦读指津

　　世上没有天生的小人物，也没有天生的大人物，小人物和大人物之间没有绝对的鸿沟。许多小人物，在他们平凡的生活中，以热情、友善和真诚温暖着身边的人。他们总看别人还需要什么，他们总问自己还能多做些什么，因此，他们赢得了他人的尊敬，变成了事实上的大人物。平凡与不凡，其实只有一步之遥！

父母不能给予你的

蓝色季风

一位民工朋友,想让我在假期里辅导一下孩子的作文。我问孩子平时是不是写日记,孩子说有时候写,并拿出一个旧作业本拼成的日记本给我看。孩子的日记让我看了很惊讶,想不到一个十岁的孩子竟然会想那么深刻的东西,其中一篇让我沉思了好久。

×月×日　星期×　天气:小雨

今天,我想让爸爸给我买一双运动鞋,爸爸说等有时间了去收破烂那里给我买一双,两块钱就可以,去市场上买至少要二十元。唉,又是去破烂市场买。那里的鞋根本不结实,穿不了几天就不能穿了。爸爸真是的,连二十块钱都不舍得花。我们班的×××一个星期的零花钱都要一百多!同样都是孩子,为什么有的只能穿两块钱的鞋子,有的却能挥金如土呢?

外面下雨了,爸爸还没有回来。他每天都是要到很晚才能回来,爸爸说回来早了怕警察罚钱。不知道今天爸爸拉的什么菜,要是葱或者韭菜,我还要帮爸爸妈妈干活,不知道什么时候才能睡觉。爸爸真辛苦,白天跑那么远去拉菜。每天早上,我还没有起床,爸爸就拉着菜去市场了。整天风吹日晒的,爸爸简直像非洲黑人一样了!同样都是爸爸,可人家的爸爸整天开着奥迪、桑塔纳,多舒服,为什么我的爸爸要每天蹬三轮没日没夜地干活呢?这多不公平啊!

这是为什么呢?

说实话,孩子的文采很不错,尤其是"挥金如土"这个成语,在我们看来好像不合适,可在他眼里,孩子能那样花钱,确实是挥金如土了!

孩子日记里那几个问号如同一把钩子抓住了我的大脑。我思索了很久，想告诉孩子这样一个故事。

我认识一位男孩子，他的父母是山东农村的普通农民，为了把两个孩子培养成有知识的人，他们不仅倾家荡产，还欠了好几万块钱的债，一家人穷得连一件像样的衣服都没有，别说两元钱的鞋，就是吃饭也是压缩成一天一顿。

当男孩子大学毕业时，别人都是光彩照人的留影，而他，只有一件当年报到时舅舅送的运动外衣还能穿得出去。但是，他没有抱怨世道不公，他相信命运掌握在自己手中，他要改变自己及全家人的生活。

通过努力学习，他在大学毕业后又考取了中国人民大学的MBA。同时，他在工作单位积累了两年经验，利用计算机专业的特长，开办了一家小型的IT公司。

奋斗了三年之后，家里所欠的债务就全部还清了。2000年的春天，他用自己崭新的别克车，将父母接到他在北京的家。他骄傲地告诉家人朋友："我把握了自己的命运，也改变了全家人的命运。"

他就是我的男朋友，一位出色的不甘于被命运左右的农民的儿子。他没有把时间用在疑问与不解上，而是用行动、用不屈的精神，改变着生命的轨迹。相信我，孩子，任何人的命运都不是一成不变的，只要付出，谁都会有收获。

没有天生的富人，也没有天生的穷人，富人不努力会变成穷人，穷人勇于争取和奋斗，同样可以成为富人。爸爸不能给予你的，你可以回报给爸爸。他们已经努力了，来到北京，通过劳动改变了他们曾经的生活。你要继续他们的奋斗，通过你的努力改变你们现在的生活。

期待着你快乐、朝气蓬勃地面对生活，好好学习，相信有那么一天，你的爸爸妈妈会因你而感到骄傲！

（文章收入本书时有删改）

悦读指津

人可以选择居住地，却无法选择自己的出生。父母给予子女的财产千差万别，唯一相同的就是生命。除此之外的任何东西，都是命运，而命运是可以通过后天改变的。纨绔子挥金如土，"金满箱，银满箱，转眼乞丐人皆谤"；有志男不懈努力，"朝为田舍郎，暮登天子堂"。父母不能给予的，恰恰是我们后天奋斗的源泉。

梦想不是最重要的

张宏涛

在一个电视招聘节目中，我看到了这样一个应聘者。他的专业是建筑测量，非常好找工作的专业。但大学毕业后，他没有去找工作，而是重新去上了学费不菲的中央民族大学音乐系。他的家庭并不富裕，为了支持他的梦想，他母亲不得不将房子卖了。

为了学音乐，他买了昂贵的钢琴，还在外面租了房子。除了前期买钢琴等大额投入外，每个月的房租要花一千九，还要不断买各种演出需要的服装等，这样一个月下来平均需花费七千多。

又上了四年大学后，父亲对他说："孩子，你总算毕业了，你母亲这四年来一直做清洁工，很辛苦，你也不小了，应该为家里分担一些了。"于是，他便开始试图找一个工作。这时，正好学校缺一个街舞教练，他就去试了一堂课。试完后，老师认为他街舞跳得还不错，就让他做了街舞教练，月薪两千多。

这样一来，虽然每个月可以少跟父母要两千块钱，但他练习发声和唱歌的时间就严重不足了，每天就只有一个小时的时间了。这样，他离梦想似乎越来越远了……

正当他迷茫的时候，噩耗传来，父亲突发脑溢血，危在旦夕，送到医院，医药费很贵，家里的钱显然维持不了多久。此刻，他知道父亲在等着他救命，但他最担心的不是父亲的安危，也不是如何筹钱帮父亲治病，而是担心他的梦想就要被中断了。

在应聘现场，他反复向多位老板说："希望现场有个老板能将我带走，帮助我实现我心中的梦想。"主持人说："你离职业歌手还有一定的差距，你的梦想能不能先放一下，先找一份能赚钱的工作踏踏实实地干着，减轻家庭的负担呢？"但他再次说："我知道我还有不足的地方，因此，我希望现场有个贵人能将我带走，让我继续深造……"这实在太可悲了。梦想已经让他迷失了心智，变得六亲不认了。难道梦想比父亲的性命还重要吗？

他的经历让我们深思，什么样的人才有资格追求梦想？一个成年的男人，为了自己的梦想，让父母居无定所；为了自己的梦想，让母亲每天辛劳地做清洁工；为了自己的梦想，父亲危在旦夕，没钱治病，他却还不断向家里索取……梦想要靠自己的努力去实现，而不是靠压榨父母去实现。

没有人有资格嘲笑别人的梦想，蜗牛也可以梦想有一天爬上金字塔；但前提是，要靠自己去拼搏。如果他能够实现经济独立，不再花父母一分钱，那么，他的这种执着还是令人敬重的。但可惜的是，他不但一直在榨取父母的血汗钱，而且变得冷酷。在这场梦想赛跑中，他的父母成了他梦想的牺牲品。

他就像一个一心要捞本的赌徒，什么都不在乎，只在乎所谓的"梦想"。梦想是伟大的，在这个梦想稀缺的年代，有梦想是应该鼓励和提倡的，但这并不意味着梦想就是最重要的。为了梦想不顾一切，往往会走火入魔，就会像金庸小说中为了修炼《葵花宝典》中的武功而挥剑自宫的人一样可悲。

（文章收入本书时有删改）

悦读指津

> 梦想是对美好事物的一种憧憬，而责任是一个人必需的担当。当遥远的梦想和现实的责任发生冲突时，究竟哪个才是我们要选择的？为了梦想不顾一切，让别人成为自己梦想的牺牲品，这是走火入魔。正确的选择应该是面对现实，勇于担当，虽然会暂时偏离目标，但毕竟来日方长。

赌 局

星 竹

美国船王哈利曾对儿子说，等你到了23岁时，我要将公司的财政业务交给你。谁想，在儿子23岁生日这天，老哈利却将儿子带进了赌场。

儿子小哈利从未进过赌场。老哈利给了小哈利2000块钱，让小哈利熟悉牌桌上的伎俩和手段，然后告诉他，无论如何不能把钱输光。

小哈利点头答应。老哈利却十分不放心，嘱咐儿子一定要剩下500块钱。小哈利心说，这还不好办吗，你说剩多少，就剩多少。然而他却没想到，很快就赌红了眼的他，竟然输得一塌糊涂，一分不剩，早把父亲的话忘得一干二净。

原来父亲的担心是很有道理的。

走出赌场，小哈利十分沮丧，说他本以为最后那两把能赚回来，那时他手上的牌正在开始好转，没想到却输得更惨。

老哈利说，你还要再进赌场，不过你已经输掉了本钱，我不能再给你。咱们事先有约，这需要你自己去挣。

不久，小哈利用一个月的时间去做小时工，挣到了700块钱。他再次走进赌场，这一次，他给自己制订了计划，只能输掉一半的钱，到了一半时，他一定离开牌桌。但是，他输到自己划定的界限时，脚下却像被钉子钉住了一样不能动弹，他没有坚持住自己的策略，虽然也有斗争，但还是把钱全都压了上去。

这一次，他依然输个精光。

父亲在一旁看着他，一言不发。走出赌场时，小哈利对父亲说，他再也不想进赌场了，他只能做一个输家。而且，他的性格也只能等到把最后一分钱都输光为止。

父亲说，不，你还得再进赌场，赌场是这个世界上角斗最激烈、最无情、最残酷的地方，人生亦如赌场，你为什么不进呢！

小哈利只好再去打短工。他再次走进赌场时，是半年后的事了。这一次，他的运气还是不佳，又是一场输局，但他冷静了许多，沉稳了许多。当钱输到一半的时候，他毅然决然地离开了赌桌，走出了赌场。

虽然事实上他还是输了，但在心里，他却有了一种赢的感觉，因为这一次，他战胜了自己，他没有把自己输个精光。

老哈利看出儿子的喜悦，说你以为走进赌场，是要赢谁？你是要先赢了你自己！控制住你自己，你才能做天下真正的赢家。

从此，小哈利每次走进赌场，都给自己划定一个界限，在输掉百分之十时，他一定会退出牌桌。再往后，熟悉了赌场的小哈利竟然开始赢了。第一次，他不但保住了本钱，而且赢了几百块。

一旁的父亲警告他，现在他应该马上离开赌桌。可在如此顺风顺水的时候，小哈利怎么肯放手？接下来，果然他又赢了。小哈利无比兴奋，眼看就要赢到一倍的数字。这是他从没有遇到过的场面，他兴奋不已。谁知，就在这时，形势急转直下，几个对手加大了赌码。只两把，小哈利便全部输光。他惊得一身汗下，这时才想起父亲让他离开的那个时间，如果他能那时离开，他就是一个赢家。可惜，他在已经赢的时候，却又一次做了输家。

一年以后，老哈利再去赌场观看小哈利的赌风，这时的小哈利已经像一个老手了，输赢都控制在百分之十左右，不管输到百分之十，还是赢到百分之十，他都会离场，就是在最顺手的时候，他也会放手，并毅然决然地退出来。老哈利激动不已，因为他知道，在这个世上，能在赢时退场的人，才是真正的赢家。而这样的人，天下少之又少。他的儿子已经做到了。

老哈利终于决定，将自家的几百亿的财政大权交给小哈利。

小哈利十分吃惊，因为他还不懂得公司的业务。

老哈利却一脸轻松地说，业务是小事，多少人失败，并不是因为不懂业务，而是因为情绪的失控和欲望的无休止性。天下人，不是把握不了财产，而是把握不了自己。这个，你已经学会了。

（文章收入本书时有删改）

悦读指津

　　人生就像一条溪流，它流淌的不是水，而是人的各种欲望。欲望能够促使人追求，也会使人灭亡。人们总叹息"飞蛾扑火"，讥讽"鱼儿上钩"，笑话"自陷泥潭"。但是如果仔细想一想，在我们周围，这种欲望的悲剧还少吗？人心不足蛇吞象，放纵自己欲望的人，最终都成了欲望的奴隶！把握住自己，你就离成功很近了。

摘下属于自己的桃子

张忠辉

那时，我刚刚升入初中，数学成绩就开始掉队了，这对我心中一直想成为经济学家的目标打击很大。

回到家，我阴沉着脸，缄默不语。父亲看到我情绪不大对，关切地问："孩子，在学校有什么不愉快的事情发生吗？"父亲不问不要紧，一问我便开始小声抽泣起来，嘴里断断续续地说着："今天在课堂上，同学嘲笑我把一道函数题做错了，这让我很没面子。"

没想到父亲哈哈大笑起来："原来是这么一点小事啊，只要以后迎头赶上就是了，没什么大不了的。"受到安慰和鼓舞，从此以后我每晚都挑灯夜战，苦心练习数学题目。父亲也深知，我的性格是争强好胜的，不拿到第一誓不罢休。

可是，半年过去了，我的数学成绩依然很不理想。一气之下，我愤怒地撕碎了数学课本，号啕大哭。父亲看在眼里，没有震怒，也没有呵斥我。

那会儿我家靠近山坡，在山坡上，父亲种植了一片棉花和一片桃树。夏末时节，盛开的棉花像天上的云朵，粉红的桃子挂满了枝头。

几天后，父亲对我说："我和你妈妈要去城里办事，你自己去山坡上摘棉花吧，摘完后用车推回来。"我欣然接受了这个任务。

天有不测风云，上午9点过后，本来还算晴朗的天，开始下起了绵绵细雨，摘棉花看来是没有指望了，我准备收拾东西回家。

我推着车子，在路过果园时，看到一棵果树上还有少许的桃子没有摘完。于是，我灵机一动，爬上树干把剩下的桃子都摘了下来，然后心满意足地回家了。

回到家，父亲问："棉花摘得怎样？"我从兜子里掏出几十枚桃子，递给父亲说："天下雨了，棉花没摘完，但我把您剩下的桃子都摘完了，这也算是成绩吗？"

父亲很兴奋地把我搂在怀里，一个劲儿地说："当然算了，你今天完成了一件非常了不起的任务。"父亲的一席话，让我感到云里雾里。

原来，这一切都是父亲的安排，他故意留了一棵果树没摘完，故意雨天让我去摘棉花。父亲语重心长地对我说："世上有走不完的路，也有过不了的坎。遇到过不了的坎就要掉头而回，这是一种智慧，但更伟大的智慧在于发现身边的机会。你今天没摘完棉花，但你摘下了属于自己的那些桃子，不是一样很有成就感吗？"

父亲的话让我醍醐灌顶，他是想找一个最佳渠道来启迪我，鼓励我。我经过反思，心想自己日后或许不能成为经济学家，但我从小还有文字梦想。随后的日子里，我笔耕不辍，用文字来记录自己和他人的纷繁人生，而今我已成为各大期刊的写手。

在人生的道路上，打破思想的桎梏，摘下属于自己的桃子，抱定这样一种生活信念的人，一定能实现人生的突围和超越。

（文章收入本书时有删改）

悦读指津

每个人心中都有一个梦，为了梦想坚持不懈地努力无疑是值得赞赏的，但倘使坚持的方向或方法错误，那么这种执着便成了愚昧的"执迷不悟"。只有将执着与勇气放在正确的目标上，使得自身的努力能发挥最高效能，这才是智者所为。有一种成功，源于坚持；有一种智慧，叫作放弃。成功只在于坚持了正确的选择！

有几个人你不能学

陈鲁民

榜样的力量是无穷的。一个人只要还想有点出息，想干成几件事，就一定会有一个或几个学习的榜样，以此来激励自己，作为自己前进的标杆。但平心而论，并非所有的成功人士都适合当楷模，因为人与人之间差异很大，有些榜样是没法学的，硬要去学，就容易误入歧途，成为邯郸学步。

老愚公不能学，因为你压根吃不了那个苦。愚公移山，精神执着，锲而不舍，不知感动了多少人。但那种做法实在不可学，那种苦你也吃不了。以一家之力，靠肩扛手提的原始工具，想移掉一座大山，那是不可能的，要不是有上帝出来帮忙，怕是愚公的后代至今还在挖山不止呢。当然，更有可能的是，老愚公的开窍子孙也早就不吃那份苦，搬家到山外去了。

姜太公不能学，因为你根本没那个机遇。姜太公大器晚成，八十出山，辅佐周武王夺得天下，何其潇洒。但那是小概率事件，可遇而不可求。还是趁年轻力壮赶快干事业、建功勋，像张爱玲说得那样"出名要趁早"，免得年老体衰，精力不支，回首平生，一事无成。所以，姜太公不能学，因为你即使有姜太公那样的本事，也未必有那样的机遇。

李太白不能学，因为你没那个才气。李太白斗酒诗百篇，"绣口一吐，就是半个盛唐"，可他凭的是才气过人，一般人学不了。不要以为李诗仙也有铁杵磨成针的勤奋之举，就可以效法，别忘了"诗有别肠"，太白那样的诗才也是千年一遇啊。真要学诗，陶渊明啊，陆放翁啊，那种半赖用功半靠天赋的诗家还是可以学一学的，而李太白那种半人半仙的榜样，索性不学也罢，学不了。

牛顿不能学，因为你忍受不了那份寂寞。每一个有作为的科学家都是寂寞的，他常常可以在实验室里一待就是一星期，可以十天半个月不说一句话。你行吗？牛顿就行，而且习以为常，天天如此，年年如此，最后甚至连家也没成，一个人孤独一生。羡慕他的人，总喜欢津津乐道他在苹果树下被一个苹果砸出万有引力定律的佳话，可是就没想到他为了这伟大的一悟而付出了多少个不眠之夜。

钱锺书你不能学，因为你没那个资本。钱锺书傲睨天下，素以狂傲著称，年轻求学时，就颇瞧不上他的老师，放言"吴宓太笨，叶公超太懒，陈福田太俗"，清华研究生院他都不屑于去读，因为觉得没人能教他。成年之后，更是眼高于顶，没几个学者、教授能入他法眼，还从来不接受媒体采访，哪怕是中央电视台，他觉得那太俗。没办法，人家就是有这个资本，学富五车，才高八斗，博闻强记，满腹经纶，他就是想不狂也不行。

比尔·盖茨也不能学，因为他离我们太远，简直是天壤之别。他曾是世界首富，如果以他为奋斗目标，那你恐怕奋斗终生也只能收获失望加绝望；他能考上哈佛而毅然中途退学，哪怕是世界第一学府，你我肯定都不会有这个决心和勇气；他是电脑奇才加经营管理天才，别说是普通人，就是商界精英也都难以企及；他能够把绝大部分财产都捐献给慈善事业，说实话，普天下没几个人能有这样的胸襟与气魄，要学也难，不学也罢，还是换个更现实一点的榜样吧。

（文章收入本书时有删改）

悦读指津

榜样的力量是无穷的，他们浑身是优点，处处在闪光。大多数人都曾幻想过将来要和某个榜样一样，成为科学家、文学家……但长大了，却很少有人成长为像榜样那样的人。因为我们和榜样根本就是迥异的两个人。榜样不是不能学，而是不能死学，不能不顾自己的天分而盲目地学。看清差别，取长补短，这才是学习榜样最重要的一点。

年轻时你想砍哪棵树

包利民

上大学时,有一次我们去一位老教授家做客,那时正年轻,豪情无限,高谈阔论,仿佛世间之事无所不能。老教授一直微笑着倾听,不参与我们的种种话题。

待大家热情一过,老教授提出要做个测试,我们顿时都来了兴致。老教授问:"如果你去山上砍树,正好面前有两棵树,一棵粗,另一棵较细,你会砍哪一棵?"问题一出,大家都说:"当然砍那棵粗的了!"

老教授一笑,说:"那棵粗的不过是一棵普通的杨树,而那棵细的却是红松,现在你们会砍哪一棵?"我们一想,红松比较珍贵,就说:"当然砍红松了,杨树也不值钱!"

老教授带着不变的微笑看着我们,问:"那如果杨树是笔直的,而红松却七歪八扭,你们会砍哪一棵?"我们有些疑惑,就说:"如果这样的话,还是砍杨树,红松弯弯曲曲的,什么都做不了!"老教授目光闪烁着,我们猜想他又要加条件了,果然,他说:"杨树虽然笔直,可由于年头太久,中间大多空了,这时,你们会砍哪一棵?"

虽然搞不懂老教授的葫芦里卖的什么药,我们还是从他所给的条件出发,说:"那还是砍红松,杨树都中空了,更没有用!"老教授紧接着问:"可是红松虽然不是中空的,但它扭曲得太厉害,砍起来非常困难,你们会砍哪一棵?"我们索性也不去考虑他到底想得出什么结论,就说:"那就砍杨树,同样没啥大用,当然挑容易砍的砍了!"老教授不容喘息地又问:"可是杨树之上有个鸟巢,几只幼鸟正躲在巢中,你会砍哪一棵?"

终于，有人问："教授，您问来问去的，导致我们一会儿砍杨树，一会儿砍红松，选择总是随着您的条件增多而变化，您到底想告诉我们什么？测试些什么呢？"老教授收起笑容，说："你们怎么就没人问问自己，到底为什么砍树呢？虽然我的条件不断变化，可是最终结果取决于你们最初的动机。如果想要取柴，你就砍杨树，想做工艺品，就砍红松。你们当然不会无缘无故提着斧头上山砍树了！"

听了这番话，我们心中似都有所感悟，可一时又抓不住是什么。老教授看着我们说："刚才听你们纵论天下之事，似乎无所不在话下。可是，当你们踏上社会之后，当许多事摆在眼前，你们便只顾着去做那些事，往往于各种变数中淡忘了初衷，所以也就常常会做些没有意义的事。一个人，只有在心中先有了目标，先有了目的，做事的时候才不会被各种条件和现象所迷惑，才不会偏离正轨。这就是我的测试，也是我想要告诉你们的！"

（文章收入本书时有删改）

悦读指津

砍树是一件很简单的事情，但随着老教授条件的变化，几个高谈阔论的大学生却不断地改变选择，最终无所适从，因为他们忘了自己为何而来。人生要比砍树复杂得多，面临不断出现的新条件和新困难，请不要忘掉你的目标。目标的坚定是性格中必要的力量源泉之一，也是成功的利器之一。没有它，天才也会在迷途中徒劳无功。

藏在木头里的琴声

琴 台

在电视上看到小提琴的制作流程，心里忽然若有所动。

一把精美的小提琴，木料的选择是关键。匠人在选择木料时，会非常注意年轮的多少。在他们的印象中，每棵历经岁月洗礼的大树中都藏着一个精灵，而这个精灵，正是决定一把琴是否出色的灵魂。

选准了木料之后，带着皮的大树要在阳光下风干两年，使含水率低于10%。剔除了水分的间隔，大树的木质细胞变得更亲密紧凑。这时，第二道工序开始了。

风干的大树被分割成木板之后，进入一个黝黑的终年不见阳光的房间，好像大师的闭关修炼，面壁思过，根除杂念，凝聚精魄。这段静默岁月一直要持续四到五年的时间。经过这么长时间的韬光养晦，本来混沌的木板逐渐有了灵异之气，老练的工匠，这时可以从一块普通的木板中，听出一把小提琴的琴质和琴声。

接下来的工序虽然依然复杂，可大多只是步骤的烦琐，如制作面板、挖声孔、开槽镶线、上侧板，以及雕刻琴头等。而最令我感动的，还是第二道工序。

那是一块木头成为一把琴必须要经历的最漫长时光。万籁俱寂中，那些曾经在大自然中吐纳的自然之气和百鸟之声，沙漏一样滴滴答答地从木头中渗透出来。从灰尘满面恢复到纯若处子，年轮虽然依然在，可凝结在木头中的精魄变得纯净而空灵。

优秀的工匠都知道，每一块能够成为小提琴的木头，在成品后都会具备一个特质，那就是身入嘈杂之境而旁若无人的定力。否则，交响乐的现场，那么多乐器，那么多音符，怎能让听众辨别出小提琴的独有魅力？

这样的修炼，极易让人联想到世人眼中的"大器"。

曾经有人总结过成功的规律，他们发现这样一个事实：凡在专业领域有突出表现的"大器"，那么他一定会在这个行业付出最少十万个小时的时间。而看看我们周围，又有多少人能有这样的定力与毅力呢？明白了这一点，我们也会最终理解，为什么这个世界上，平庸者众，而精英者寡。

对于一棵大树来说，能以一把小提琴的形式长存于世，这绝对是一个无比浪漫的结局。这一点，和一个人能因为自己的业绩，在生命枯槁之后，尚有绕梁的佳话和传说具有同等的魅力。

而在我看来，大树比人要更幸运一点，因为，它的浪漫与是否被选择有极大的关联。而作为一个人来说，更多时候，我们需要的是一种自发的内省和定力。

舍得放弃纷繁红尘中的诱惑和热闹，舍得放下你侬我侬中的情深和意长，舍得让自己从一个八面玲珑颇受欢迎的"人精"蜕变成呆若木鸡、锦衣夜行的隐者，除了这些，还需忍受漫长的寂寞和孤单，还要面对随时而来的彷徨和绝望，还要担负别人的讥讽和嘲笑。

而这样的人，注定是稀缺的。在静默中前行的那个勇者，他的内心，时刻都有灵魂的清越之声在激荡。这是命运赐予追梦人的最崇高的现世享受。而这样的清越之声，有的人一辈子都无从知会。

是做一块劈柴在炉灶间拥有片刻的火焰和光华，还是茕茕孑立于一室聆听藏在清香纹理中的琴声，不同的木头拥有不同的选择，不同的选择铸就了不同的人生。

（文章收入本书时有删改）

悦读指津

悠扬的琴声来自沉默多年的木头，而舞台的辉煌来自漫长的寂寞和孤单，想有所作为的人，就应该屏除红尘纷扰，抛却名利的枷锁，潜心静气，凝聚精魄，韬光养晦，做一番真学问。哗众取宠的人来疯永远成不了大器。

感谢我的自卑

雪小禅

我曾经是个很自卑的人，即使现在，自卑还常常在，我觉得很多地方不如别人。

小时候，我长到十岁才从外婆家被接到城里上学，插班之后，我变成了一个沉默寡言的人。在外婆家的时候，我去山坡上玩，去摘山里的果子，和周围的小伙伴们打雪仗，没人当我是个女孩子，我玩得野性而自由。但回到城里之后，我的衣服和鞋子让他们笑话，我的口音她们每天都在模仿，并且学我走路的样子。当老师提问，我用外婆家的家乡话回答时，全场哄堂大笑。

自卑的情绪绵延开来，我不再和别人交流，不再说话，成绩不断地下降，我只盼望快点离开学校，快点离开这个让我感觉自卑的地方。

后来我勉强考上一个三流中学。那时，我仍然自卑，那个中学有好多官宦子弟和有钱人家的孩子，他们整天在说自己吃的什么外国巧克力，穿的什么牌子的衣服，而我仍然寡言。我每天发呆，不知道日子如何结束，于是在本子上写写画画，看看天，数数蚂蚁。

后来的一天，我写的日记被老师发现了，我画的插图让美术老师看到了。

老师读了我写的日记，那是一段关于冬天的描写，我在书上看到一句写冬天的诗，于是用上了，"墙角数枝梅，凌寒独自开。遥知不是雪，为有暗香来"。这于一个十二岁的学生来说，是很重要的引用。老师的无意夸奖让我很温暖，美术老师让我给班里的板报画插图，虽然我仍然寡言，但我意识到，我，原来是一个重要的角色。

之后，我开始学习，开始努力，从班里的第四十多名到前三名，然后进入年级的前三名。这个三流的中学，每年考入一中的人不会超过五个人，那年，只考上五个，而我，是这五个人中分数最高的那一个。

在重点一中，我仍然是自卑的。

全市最好的学生都在这里，第一次摸底考试，班里五十五名学生，我排第五十名，虽然在初中我的成绩是最好的，可我的中学是全市最差的。我哭了，一个人躲在一中院子里的合欢树下哭着。

我来自最差的中学，我英语口语的发音那么蹩脚，我的一切都那么落伍。那些从重点中学里考上来的学生分成一派，根本看不起三流学校出来的人，他们常常说他们学校的实验室和图书馆，对于我而言，那些实验室和图书馆根本没有过。

但我想，我们现在都是在一中！

我还是寡言，仍然不多说话，别人都睡了时，我打开手电筒学习。我比别人早起一个小时来到黑乎乎的教室，因为还没到供电时间，于是，我点上蜡烛学习。到期末的时候，我的成绩是班里最好的。

可我仍然自卑，觉得好多地方不如别人，我不擅和人交流，把太多时间交给了书。整个高中时期，我读完了所有的世界名著，在高二下半年，拿起了笔。

我写了一篇青涩的小说，投给了当时的《河北文学》，两个月之后，我接到了用稿通知。我不相信自己的文字变成了铅字，告诉了同桌。她怀疑地看着我说，真的吗？不会吧？咱们学校还没有人发表过东西呢！

当杂志社寄来样刊之后，她略带嫉妒地说，可以呀你。我没有再告诉别人，她也没有告诉别人。为了让他们相信，我努力地写，不停地投稿。在高三这年，我的文章上了《少年文艺》《高中生》《语文报》……当样报不停寄来的时候，我仍然保持沉默。我想，这些就是最大的力量，何必用语言？

上了大学，我仍然自卑。

我来自小城，留着过时的短发，瘦高，穿着小城带来的衣服，口音还带着浓重的家乡色彩，那些大城市的女孩子笑话我的着装和口音。她们谈着奢侈化妆品和高尔夫的时候，我还不知道那些外国名字是干什么的。有一次我不小心碰碎了一个女孩子的香水，她嚷着：你赔得起吗？这是香奈儿啊！

我才知道那瓶香水相当于母亲一个月的工资。

我开始疯狂地写稿子，泡在图书馆。整个宿舍，我是第一个过英语六级的人，整个年级，我是第一个靠着自己稿费不再靠家里养活的人。到毕业的时候，我已经出了自己的第一本书。

那些曾经骄傲的女孩子搂着我的肩膀说：你会是我们的骄傲，以后你会更成功、更出名，到时我要拿这张照片炫耀！

但我仍然自卑，我觉得很多地方不如别人，我不如A聪明，不如B睿智，不如C有才，不如D貌美如花……我只是一个普通的女子，不善言，不会搞各种关系，我只会写字，通过写字证明我自己。

那天，我看到了对邓亚萍的访问。她说："我不如别人，我自卑，所以，我不停地努力。当年从郑州到国家队的时候，没有一个人肯定我，他们全说一米五的我打球不会打得如何。为了证明给他们看，我快发了疯，每天都比别人刻苦。我知道我的个子不如别人，别人允许有失败的机会，我没有，我只能赢，所以我打球凶狠，那是逼出来的。后来我成功了，别人又说我没有大脑，只会打球，于是我发疯地学习，英语从不认识字母到熟练地和外国人对话。我不比别人聪明，我还自卑，但一旦设定了目标，绝不轻易放弃！什么都不用解释，用胜利说明一切！"

我一阵哽咽，多少年来，我不也是如此？

感谢我的自卑，它让我越挫越勇，让我永远觉得不如别人，让我不敢停步，让我在人生的路上一路坚强！

（文章收入本书时有删改）

悦读指津

周国平有一句发人深省的话:"我相信,天才骨子里大都有一点自卑,成功的强者内心深处往往埋着一段屈辱的历史。"成功者大都知道自己的弱点,他们为此苦恼,又不肯毁于弱点,于是以自卑为起点,奋起直追,最后成功,将自卑的眼泪化为自信的笑容。可是若只一味抱怨命运,在唉声叹气中停滞不前,这样的自卑则无疑是一种自弃。

‖ 雄鹰小时候也叫菜鸟 ‖

王 磊

一个偶然的机会,被激发了灵感的导演保罗·安德森决定拍摄一部全新风格的科幻电影。一个个精彩的画面和充满张力的剧情在他的脑海里一一闪现,让他兴奋不已。可是冷静下来仔细分析其可行性之后,他心中炽热的激情一下子就冷却了。

这部电影虽然题材独特,但是市场前景非常不好预测,而且拍摄难度非常高,无论是对演员的表演还是电脑特技的要求都是标准极高。

拿不定主意的保罗·安德森和自己的创作团队以及影视行业里的朋友们交流了意见。大家也都觉得这个题材虽然很新颖,但是拍摄起来难度很大,而且票房前景非常不明朗。

这时候的保罗·安德森虽然不是多么举足轻重的国际大导演,但是好歹也在电影行业站稳了脚跟,大家都觉得冒这么大的风险去拍这样一部电影实在不明智。

保罗·安德森自己也纠结了很久，一连几个晚上都睡不着觉。

经过反复分析，保罗·安德森仍旧坚持了这个新颖的题材，于是便着手组建了全新的创作团队，将剧本和人员等前期工作做好之后，又找到了电影投资方准备进行拍摄。就在拍摄前夕，保罗·安德森将这个全新的创作团队召集到了一起，希望大家提提意见。剧组里，有很多人都是保罗·安德森多年的老朋友，大家都很为他担心，于是便竭尽全力进行了最后一次劝说。

听完朋友们的话，保罗·安德森并没有正面回答，而是给大家讲了一件往事。"在我为了考取驾照而学车的那段时间，我几乎成了驾校里最出名的人物——不是因为我的驾驶技术好，而是因为我手脚太笨，学车的速度慢得惊人。后来，好不容易我才掌握了基本的驾驶技术，可随着在路上练车次数的增加，我内心里的恐惧也变得越来越大。就在这时候，我的教练对我说了一句改变了我一生的话——嘿，保罗，雄鹰小时候也叫菜鸟！如果一只菜鸟不去努力尝试，那么这只菜鸟一辈子只能是一只菜鸟；如果一只菜鸟努力适应了全新的环境，经受住风雨的洗礼，那么就能成长为一只雄鹰。"

说到这里，保罗·安德森继续说道："现在虽然我的生活还过得去，但是在事业上我在不断地重复自己，如果不进行全新的尝试，我的创作将变得枯燥乏味，将得不到人们的赞赏，将被时代潮流所淘汰。"

保罗·安德森的话让大家都陷入了深思之中，长时间的沉默之后，人们默默地起身离开，去做自己该做的事情了。不久之后，一部名叫《生化危机》的电影就投入了拍摄，并且在投入市场之后一炮而红，不仅成为票房的宠儿，而且成了电影史上的一座里程碑。

（文章收入本书时有删改）

悦读指津

生命最可怕的不是风险和挑战，而是躲避在看似安全的区域里不断地重复自己。灵感和创意在不断地重复中衰减直至丧失，奇迹终被扼杀。雄鹰小时候也叫菜鸟，但是这只菜鸟终于成了雄鹰，因为它敢于面对风雨的挑战。也许我们今天还是菜鸟，但是只要我们不断进行新的尝试，将来我们就可能成为一只振翅高飞的雄鹰！

第四章

心灵花园

我的心,你不要忧悒,
把你的命运担起。
冬天从这里夺去的,
新春会交还给你。

有多少事物为你留存,
这世界还是多么美丽!
凡是你喜欢的,
我的心,你都可以去爱。

——海涅[德]《我的心,你不要忧悒》

是谁扼杀了哀愁

迟子建

现代人一提"哀愁"二字，多带有鄙夷之色。好像物质文明高度发达了，"哀愁"就得像旧时代的长工一样，卷起铺盖走人。于是，我们看到的是张扬各种世俗欲望的生活图景，人们好像是卸下了禁锢自己千百年的镣铐，忘我地跳着、叫着，有如踏上了人性自由的乐土，显得那么亢奋。

哀愁如潮水一样渐渐回落了。没了哀愁，人们连梦想也没有了。缺乏了梦想的夜晚是那么的混沌，缺乏了梦想的黎明是那么的苍白。

也许因为我特殊的生活经历吧，我是那么喜欢哀愁。我从来没有把哀愁看作颓废、腐朽的代名词。相反，真正的哀愁是一种悲天悯人的情怀，是可以让人生长智慧、增长力量的。

哀愁的生长是需要土壤的，而我的土壤就是那片苍茫的冻土，是那人烟寂寥处的几声鸡鸣，是映照在白雪地上的一束月光。哀愁在这样的环境中，悄然飘入我的心灵。

我熟悉的一个擅长讲鬼怪故事的老人在春光中说没就没了，可他抽过的烟锅还在，怎不使人哀愁；雷电和狂风摧折了一片像蜡烛一样明亮的白桦林，从此那里的野花开得就少了，怎不令人哀愁；我期盼了一夏天的田园中的瓜果，在即将成熟的时候，却被早霜断送了生命，怎不让人哀愁；雪来了，江封人，船停航了，我要有多半年的时光看不到轮船驶入码头，怎不叫人哀愁！

我所耳闻目睹的民间传奇故事、苍凉世事以及风云变幻的大自然，它们就像三股弦，扭结在一起，奏出了"哀愁"的旋律。所以创作伊始，我的笔触就自然而然地伸向了这片哀愁的天空，我也格外欣赏那些散发着哀愁之气的作品。我发现哀愁特别喜欢在俄罗斯落脚，那里的森林和草原似乎散发着一股酵母的气息，能把庸碌的生活发酵了，呈现出动人的诗意光泽，从而洞穿人的心灵世界。他们的美术、音乐和文学，无不洋溢着哀愁之气，如列宾的《伏尔加河上的纤夫》、柴可夫斯基的《悲怆交响曲》、艾特玛托夫的《白轮船》、屠格涅夫的《白净草原》、阿斯塔菲耶夫的《鱼王》等，它们博大幽深、苍凉辽阔，如远古的牧歌，凛冽而温暖。所以当我听到苏联解体的消息，当全世界很多人为这个民族的前途而担忧的时候，我曾对人讲，俄罗斯是不死的，它会复苏的！理由就是：这是一个拥有了伟大哀愁的民族啊。

人的怜悯之心是裹挟在哀愁之中的，而缺乏了怜悯的艺术是不会有生命力的。哀愁是花朵上的露珠，是撒在水上的一片湿润而灿烂的夕照，是情到深处的一声知足的叹息。可是在这个时代，充斥在生活中的要么是欲望膨胀的嚎叫，要么是麻木不仁的冷漠。此时的哀愁就像丧家犬一样流落着。生活似乎在日新月异地发生着变化，新信息纷至沓来，几达爆炸的程度，人们生怕被扣上落伍和守旧的帽子，疲于认知新事物，应付新潮流。于是，我们的脚步在不断拔起的摩天大楼的玻璃幕墙间变得机械和迟缓，我们的目光在形形色色的庆典的焰火中变得干涩和贫乏，我们的心灵在第一时间获知了发生在世界任何一个角落的新闻时却变得茫然和焦渴。

在这样的时代，我们似乎已经不会哀愁了。密集的生活挤压了我们的梦想，求新的狗把我们追得疲于奔逃。我们实现了物质的梦想，获得了令人眩晕的所谓精神享受，可我们的心像一枚在秋风中飘荡的果子，渐渐失去了水分和甜香气，干涩了，萎缩了。我们因为盲从而陷入精神的困境，丧失了自我，把自己囚禁在牢笼中，捆绑在尸床上。那种散发着哀愁之气的艺术的生活已经别我们而去了。

是谁扼杀了哀愁呢？是那一声连着一声的市井的叫卖声呢，还是让星光暗淡的闪烁的霓虹灯？是越来越炫目的高科技产品所散发的迷幻之气呢，还是大自然蒙难后产生出的滚滚红尘？

我们被阻隔在了青山绿水之外，不闻清风鸟语，不见明月彩云，哀愁的土壤就这样寸寸流失。我们所创造的那些被标榜为艺术的作品，要么言之无物、空洞乏味，要么迷离恍荡、装神弄鬼。那些自诩为切近底层生活的貌似饱满的东西，散发的却是一股雄赳赳的粗鄙之气。我们的心中不再有哀愁了，所以说尽管我们过得很热闹，但内心是空虚的；我们看似生活富足，可我们捧在手中的，不过是一只自慰的空碗。

（文章收入本书时有删改）

悦读指津

这是一个疯狂的年代，人们疯狂追逐物质财富的时候，有谁知道哀愁为何物？已经"富有"的，在张狂炫耀；追逐"富有"的，在投机钻营；"富有"无望的，在仇视诅咒。真正的哀愁，是对人生社会的深层思索，是对万事万物的忧郁情怀，是精神家园的一朵小花，是行吟诗人的一声长叹。

读书人是幸福人

谢冕

我常想读书人是世间的幸福人，因为他除了拥有现实的世界之外，还拥有另一个更为浩瀚也更为丰富的世界。现实的世界是人人都有的，而后一个世界为读书人所独有。由此我又想，那些失去阅读机会或不能阅读的人是多么的不幸，他们的丧失是不可补偿的。世间有诸多的不平等，如财富的不平等、权力的不平等，而阅读能力的有无体现为精神的不平等。

一个人的一生，只能经历自己拥有的那一份欣悦、那一份苦难，也许再加上他耳闻目睹的周围人的经历和经验。然而，人们通过阅读，却能进入不同时空的诸多他人的世界。这样，具有阅读能力的人，无形间获得了超越有限生命的无限可能性。阅读不仅使他多识了草木虫鱼之名，而且可以上溯远古下及未来，饱览存在的与非存在的一切。

更为重要的是，读书加惠于人们的不仅是知识的增广，而且在于精神的感化与陶冶。人们从读书学做人，从那些往哲先贤以及当代才俊的著述中学得他们的人格。人们从《论语》中学得智慧的思考，从《史记》中学得严肃的历史精神，从《正气歌》中学得做人的原则，从马克思学得人世和激情，从鲁迅学得批判精神，从列夫·托尔斯泰学得道德的执着。歌德的诗句刻写出睿智的人生，拜伦的诗句呼唤着奋斗的热情。一个读书人，是一个有机会拥有超乎个人生命体验的幸运人。

一个人一旦与书本结缘，极大的可能是注定了与崇高追求和高尚情趣相联系。说"极大的可能"，指的是不排除读书人中也有卑鄙和奸诈者，况且，并非凡书皆好，在流传的书籍中，并非全是劝善之作，也有无价值的甚至起负面效果的。但我们所指读书，是以其优良品质得以流传的一类，这类书对人的影响总是良性的。我之所以常感读书幸福，是从喜爱文学书的亲身感受而发。一旦与此种嗜好结缘，人多半因而向往崇高，对暴力的厌恶和对弱者的同情使人心灵纯净而富正义感，人往往变成情趣高雅而力避凡俗，或博爱，或温情，或抗争，大抵总引导人从幼年到成人，一步一步向着人间的美好境界前行。笛卡儿说："读一本好书，就是和许多高尚的人谈话。"这就是说，读书使人向善。雨果说："各种蠢事，在每天阅读好书的影响下，仿佛烤在火上一样渐渐融化。"这就是说，读书使人避恶。

所以，我说，读书人是幸福人。

（文章收入本书时有删改）

悦读指津

现实世界里，你只能经历自己的那一份喜怒哀乐，而读书能使你体验到丰富多彩的人生。现实世界里，你也许身在荒村，读书却能使你上天入地，遨游古今。现实世界里，你或许平凡卑微，读书却能够滋养你的灵魂，使灰暗的人生熠熠生辉——读书人是世间幸福人。

充满诗意地生活

钟华波

生活宛若文集，镌刻着平铺直叙的冰冷直白、一波三折的跌宕起伏以及高山流水的诗情画意。然而不知从何时起，我们心中的那份诗意被琐碎的生活用厚厚的尘埃掩盖、封闭，与其让纷繁的市井喧嚣占据我们生活的全部，何不为生活留几许诗意？

俞敏洪说："诗几乎可以表达人类生活的所有情感。人类离不开诗，也从来没有离开过诗。汶川地震时，人们最深刻的情感是用诗歌表达出来的；日常生活中，我们每天哼唱的流行歌曲也都是诗。诗歌让我们感动，让我们流泪，让我们升华。"的确，我们不一定都会写诗，也不一定要多愁善感，但我们一定要心中怀有诗意。

诗意是一种感觉，只有心存诗意的人才能从琐碎的生活中找到真实的美好。早晨，听鸟儿在林间吟唱是一种诗意；课余，对着窗外看一米阳光越过屋檐是一种诗意；饭后，踏着夕阳的碎片，吹着带着黄昏味道的凉风是一种诗意；晚间，坐在灯下静静地看一本书也是一种诗意……我们每个人，心中都有这样一个诗意的圣地，它就像冬日里的枯草，只要春风拂过，就会充满绿意。

诗意的生活不是刻意去寻找的，而是身处琐碎的日常事务却不被日常事务所淹没的一种能力。懂得诗意的人总能驻足欣赏路边一朵初绽的小花，即使在不经意间抬头看一看天空，心中也会满是云淡风轻。相反，一个被浮华围绕的人就算置身于人间仙境也难以感知美好胜景。不懂诗意的人，在纷繁的生活里就像一个不会游泳的人落入水中，只有绝望与痛苦；而懂得诗意的人，就像一个会游泳的人徜徉水中，能感受到劈波斩浪的快乐。

在这个炎热的夏天里，我们不妨为诗意留点空间。脱去遨游尘世的浮华，品一杯清茶，看着窗外的天空，想象一下远方的大地：那里大河奔流，蜜蜂飞舞于花间，稻苗正绿油油地汲取阳光……每一棵树、每一朵花都安详伫立，洋溢着美好，期待我们用心为它们涂上诗意的重彩。懂得诗意的人，总能学会在聒噪的夏日里，找到最美好的心灵归宿。

（文章收入本书时有删改）

悦读指津

每个人都期盼自己拥有一份美好的生活，然而，生活往往会以它的另一面示人，让我们的感情世界里出现空虚、困惑、焦虑、厌倦、痛苦等字眼。充满诗意地生活，就是更高层次的入定和打坐，它不是幻觉，而是一种真真切切的美好心态。心怀诗意的时候，万事万物都会被涂上诗歌的光芒，让我们一步步远离聒噪与浮华，走向宁静与安详。

心灵是一棵会开花的树

赵丽宏

我说人的心灵是一棵树，你是不是觉得奇怪？

真的，心灵是一棵树。从你来到这个世界，从你走进茫茫人海，从你孩提时睁开蒙昧的眼睛那一刻开始，这棵树就已经悄悄地发芽、生根，悄悄地长出绿叶，伸展开枝丫，在你心里形成一片只属于你自己的绿荫。难道你不相信？

不知道，其实不知不觉中你已经无数次看见这样的花在自己身边开放。

当你在万籁寂静的夜间突然听到一曲为你响起的美妙音乐……

当你在冰天雪地的世界遇到一间为你开着门的小屋，屋里正燃烧着熊熊的炉火……

当你在十字路口徘徊，有人微笑着走过来给你善意的指引……

当你的身体因寒冷和孤寂而颤抖，一双温暖的手轻轻地向你伸来……

当你发现有一双美丽的眼睛用清澈的目光默默凝视着你……

我无法一一列举各种各样的"当你"——当你欢乐，当你迷茫，当你为世界的壮阔和奇丽发出惊奇的赞叹，当你被人间的真情深深地感动……

当你的灵魂和感情受到震撼，受到感动，不管这种震撼和感动如电闪雷鸣般强烈，还是像微风一样轻轻从你心头掠过……

每逢这样的时刻，便是你观赏到心灵之花向你怒放的时刻。每当这样的时刻，你的心灵之树也在悄悄发芽、长叶，在向辽阔的空间伸展自由的枝干。没有一个画家能用画笔描绘出这样的景象，没有一个诗人能用诗句表达出这样的过程。这是一个无声无形的过程，但是它所引起的变化，却悠悠长长、绵延不绝，改变着生命的历史，丰富着人生的色彩。

你相信吗？你的心灵一定会开一次花，一定的。也许是灿然的一大片，也许只是孤零零的一朵；也许是举世无双的奇葩，也许只是一朵毫不起眼的小花……你的心灵之花也许开得很长，常开不败；也许只是昙花一现，稍纵即逝……

谁也无法预报心灵之花开放的时辰，更无法向你描述它们怒放时的奇妙景象。但我可以告诉你，这样的花，每时每刻都在人间开放。有人向世界奉献爱心的时刻，就是花开的时刻。

愿你的心灵悄悄开花。

愿我们的世界成为一个心花怒放的世界。

（文章收入本书时有删改）

悦读指津

花开是有声音的，不管短促还是悠长，都是自然界的一种美妙的天籁之声。而质朴的亲情、纯洁的友情、真挚的爱情就是催生心灵花开的酵母，那涌动的红晕、怦怦的心跳、战栗的幸福，就是心灵之花在开放。心灵花开的一刹那，会给你带来一份难得的惊喜、一种审美的愉悦，带来诗意的享受和情感的满足。

感谢《简·爱》

李 娟

我在那个落英缤纷的季节轻轻走进你的世界。隔着长长的几百年的岁月，我竟然在看见你的一瞬间深深地被你吸引。

常常在万籁寂静的深夜，我翻开书的扉页，重新面对你，面对那个遥远国度里的纤弱瘦小的并不漂亮的简。可是，面对你，我不由自主地仰起头来，我觉得在生命的花季遇见你是一件多么幸福的事。那个多梦的季节对于每个走过的人来说，正是需要崇拜、渴望朋友的季节，我庆幸自己仰慕的不是漂亮的气质优雅的邻家姐姐，不是高大英俊的同窗男孩，而是在书中的年代久远的你。因为你不会老，不会改变，不会随着平淡的时光变得日渐庸常无奇。你像一颗埋在沙石中的珍珠，在岁月的长河中依然散发着耀眼的光彩。你像一棵长在沙海里的沙枣树，不柔媚，不娇艳，不张扬，而是那样的坚韧、独立、勇敢和骄傲。简，当你在桑菲尔德遇见高大伟岸的罗切斯特先生的时候，你们被彼此才华和思想的共鸣而深深吸引，两颗心在一步步地靠近对方。当你以为罗切斯特要娶英格拉姆为妻，还要你留在桑菲尔德府的时候，你对他说："你以为，我穷，低微，不美，矮小，我的心就没有灵魂吗？我的灵魂和你一样……我们是平等的！"几百年前，一个女子说出这样惊世骇俗、震慑心灵的话语，你非凡的才华和独特的人格魅力，吸引了每一位读者靠近你的灵魂。

以后渐渐成长的岁月，面对生命里不能躲避的暗流、痛苦和彷徨，在那些暗淡的黑夜里，我无数次小心翼翼地伸出手去，总能与你瘦小而有力的手紧紧相握，你给予我的不仅是生命的力量，还有黑夜里照耀心灵的一抹灿烂的星光。我仿佛又看见你穿着碎花的落地长裙，站在高大的梧桐树下，春天的阳光透过树的枝叶洒在你身上，那样惬意、沉静、美丽。你睁着一双清澈的眼睛述说着你孤苦无依的不幸的童年，你在孤儿院里受到的非人的折磨，可是你没有倒下。在那些我不可想象的苦难中，在没有一点阳光和温暖的岁月里，你含着泪坚强地一路走来，你以自己的种种不幸和磨难，告诉我如何在逆境中保持一颗坚韧不屈的心灵。我明白，对于植物来说，命运偏爱那些迎着风雨和灾难而生长的倔强的种子；对于人来说，命运会将丰厚的收获奉献给含泪不屈的灵魂。

有评论家说，《简·爱》的结尾是个败笔。简在一夜之间从贫困交加的穷人成为一个富小姐，苦尽甘来有情人终成眷属，书中现实主义的力量被削弱了，现在的简不再是以精神的力量吸引罗切斯特而赢得爱情的简了。但是，当简在罗切斯特穿越时空的心灵的召唤下再次回到桑菲尔德的时候，曾经金碧辉煌的桑菲尔德府已经是一片断壁残垣。简看见日夜思念的人不仅双目失明，而且失去了一只手臂，她握住罗切斯特的右手。他问，是简吗？

那是什么？这是她的模样，这是她的声音——我想每一位读到这样的结尾的人都和我一样不禁泪流满面。我觉得，这样的爱情使每一个真心爱恋过的人惊叹，这样的相遇是多么美好，倘若一同陷入爱情狂澜的两个人隔着年龄的深深沟壑，相遇变更显得凄美异常，像是一个神话，这般落英缤纷，芳草萋萋。

多年以后灯火辉煌的夜里，守着酣睡中我天使般的宝贝，翻开厚重的书的扉页，我又看见了你，像是看见我远隔天涯的姐姐，我们不禁相视着微笑了。面对人生，我要感谢你，因为你赠予我的坚韧、顽强和自信，它足以支撑我坦然承受任何风雨。我也知道，你给了我一生都要好好珍惜的不能舍弃的东西。

人生若得一知己，便要感谢上苍的恩赐。若得一两本震撼和影响自己一生的好书，定要因为幸福而落泪。

（文章收入本书时有删改）

悦读指津

有一位伟人曾经说过这样一句话：即使在最黑暗的时刻，也同样能找到心灵的安慰，那就是读书。读一本好书，就如同和一个高尚的人在交谈。青春时代，更应好读书、读好书，让文字的甘泉滋润你的心田，让作者的思想来为你指点迷津。品书如品人，择书如择友，把一本好书当作朋友，定会让你受益匪浅，终生受用。

孔子心和庄子气

张云广

时近中秋，一场冷雨下过，天色已近黄昏。

邻居家的老榆树上，数只麻雀正梳理着翅膀下和尾巴上有些潮湿的羽毛，神情悠然而专注，还不时惬意地叽喳几声，像极了庄子眼中和笔下的风景。

天空，随风而动的灰色云层下，几只燕子在空中忙着捕食，再过不了多久，它们就要跋山涉水飞往南方了，用羽翼追求梦想，丈量天下，一路奔波劳顿，如当年周游列国的孔子。

麻雀与燕子，代表了两种不同的生存状态；庄子与孔子，代表了两种不同的人生哲学。

常常忆起老家的一位精神矍铄的老大爷，算来他今年已经66岁了吧，都在城市上班的儿女曾无数次劝他离开农村与他们一同居住，却次次被他一口回绝。他吹的小曲隔着老远就能听见，他喜欢独自一个人漫步在乡间小路上，看看大豆的长势，摸摸高粱的结节，听听蟋蟀的弹奏，望望远处的羊群，满心盛开的都是满足和愉悦。他是一个典型的村庄留守者，正如那群麻雀，只在村庄和村庄附近鸣唱，任寒暑易节、春秋暗换。

只是，自然界中有界限分明的麻雀和燕子，当今社会特别是年轻一代中却很难觅到纯粹的庄周和孔丘。孔子的入世进取激励我们在事业的疆场上驰骋拼搏，庄子的出世无为却能给欲火过旺的心灵降温，降低飞行的高度，还心态以平和安宁。

有一位朋友，上班时被同事称为工作狂人，就连中午在单位吃午饭时与饭友谈论的话题都常是下一步的计划，计划一旦制订就不折不扣地执行。但一回到家就像变了一个人一样，脱掉工作装，换上休闲服，下厨做菜无不精通，侍弄花草无不在行，每逢假日常常开车带上家人流连于山水之间，登东皋以舒啸，临清流而小酌，即使不能远行也要起个早走出家门去广场上打太极或抖空竹，生活被他调剂得有张有弛、有滋有味，人也活得抖擞高效。

怀一颗孔子心，染一身庄子气，在天作飞燕，落枝成麻雀，收放自如，高下皆宜，既如君子般自强坦荡，又似隐士般自在逍遥。如此，日子就能演绎成一门生活化的艺术，一路前行的风景更是值得期待。

（文章收入本书时有删改）

悦读指津

入世，就要怀一颗孔子心，恪尽职守，忘我投入，追求上进，这不仅是自己的责任，也是对家庭和社会的义务。出世，就要染一身庄子气，发现自己，调剂生活，悠闲自在，活出滋味，既能平和心态，又能使身心得到最大限度的休憩。入世出世，犹如上班下班，调配得体，便是最佳的人生，切忌走火入魔，怀上名利心，染就世俗气。

做一个妙趣横生的人

苗向东

时下大多中国人评价一个人成功与否的标准，大体不外乎是通过一些很刚性的指标，如身份、地位、职业、收入、房子、车子、孩子的教育、本人的游历等，似乎一旦拥有这些就可以称之为成功了。至此，想起了一种说法，在国外评价一个人是用"有趣"来界定，如果被人说"没趣"，那将是很失败的。为此有人说，人生最大的敌人是——无趣。

无趣是有历史渊源的，我们这一代人恰巧碰到。上一辈人经历了一个灰色年代的洗礼，看世界的眼光是阶级斗争是非观，有趣的含义基本等同于"小资情调"，是无产阶级专政的对象。下一辈人过着色彩炫目的新生活，世界变化之快让你都来不及想有趣这件事。我们这辈人在上下夹击下，负担之沉重，思想之矛盾，成就了舒展不开的眉头。所以我们的身边有很多人很善良，很能干，事业成功，财富不少，只是一点也没趣。

什么是"有趣"呢？按照拆字的方法来解释，有趣二字的关键是

"趣"字,"趣味""情趣""兴趣"。"鬼才"贾平凹说,人可以无知,但不可以无趣(见《观云奇石》序)。想必土得掉渣的大作家也是个有趣之人。闾丘露薇也说:"要让自己成为一个有趣的女人。"

做人若无趣,这很煞风景。人一旦"没有趣"了,就会变得粗糙、麻木、肤浅,不再可爱了。整天愁眉苦脸、忧心忡忡、唉声叹气、面目可憎,好像这个世界谁都欠着你似的。这样的人活着,只会给别人添堵。而一个有趣的人则不然,由于他的存在,而使周围的人群变得热闹起来,他的"气场"催化着人生的精义,叫人奋发,让人快乐。有趣的人,是生活中的"开心果",是人群中的"快乐源"。与有趣的人相处,你会觉得世界变得有趣,生活变得有趣,自己似乎也变得有趣起来。

有趣的人,是热爱生活的人。生活中的吃穿住行哪样没有深奥广博的学问?光吃一样,他就能巴嚼出不少趣味来,吃得好看,吃得稀罕,吃得兴趣盎然,吃得阳光灿烂,都是可以追求的境界。《别闹了,费曼先生》里有这样一位科学家,他对所有关于动脑筋的事情都充满兴趣,魔术、开锁、解密码、猜谜、心算、赌钱……对兴趣的不断追逐,让这位怪才的生活成了无数人的梦想。

有趣的人,并不是现代人一定比古人更有趣。总觉得古代的有些人比我们现在活得有趣。今天我们读《论语》,也许会觉得孔老夫子是一个无趣的人,可是,你若知道他和他的学生讲话是那样的幽默,见到美人南子时竟俯下身子去吻伊的鞋,就会明白所谓"圣人"者,也竟是一个性情中人,一个有趣的人。

有趣的人,未必有多显赫的名声,但肯定潇洒脱俗。晋人王子猷居山阴,一晚忽降大雪,子猷被冻醒,索性来到院中边饮酒边观赏雪景,不由得心绪起伏,吟起诗来。感慨之间,忽然想起好友戴逵,立即决定去拜访,于是连夜坐上小船出发,第二天天亮时到达戴逵的住所。望着岸边好友家的房子,子猷却让船家掉头,转而回家。家人问起,子猷笑着说:"吾本乘兴而行,兴尽而返,何必见戴?"

有趣的人,心无羁绊,直抒胸臆,至性至情。国学大师、楚辞泰斗文怀沙老先生，快一百岁的人了，偏偏喜欢穿大红大绿的衣服，戴着能盖半张脸的大墨镜，比小伙子还时髦；每次出席活动，必要主持人介绍他为"青年诗人"，一发言就引经据典、插科打诨，逗得满堂喝彩，他在哪儿，哪儿就热闹。

有趣的人，或许境遇并不好，但特立独行，不改本色。金圣叹一生诙谐，因"哭庙案"而被判死刑后，仍一如既往。眼看行刑时刻将到，两个儿子梨儿、莲子望着即将永诀的慈父，泪如泉涌。金圣叹却从容不迫，泰然自若地说："哭有何用，来，我出个对联你们来对。"于是吟出了上联"莲子心中苦"。儿子哭跪在地哪有心思对对联。他稍加思索说："起来吧，别哭了，我替你们对下联。"接着念出了下联"梨儿腹内酸"。这副生死诀别对，一语双关，对仗严谨，撼人心魄。

有趣的人，不见得能成就大事业，但让人看着就高兴。《射雕英雄传》里的老顽童周伯通，是最让人喜欢的一个角色，他虽然武功盖世，却是儿童心态，整天疯疯癫癫的，爱搞恶作剧，围绕他发生了许多喜剧，使得打打杀杀、腥风血雨的江湖，多了不少浪漫欢快的生活气息。

需要提醒的是：有趣是这个世界上的稀缺资源，有趣与读书多少无关，与挣钱多少无关。有趣和身份、地位、男女、年龄、环境、条件无关。有趣之人是很容易被曲解的，若误认为打架泡妞、吃喝嫖赌、粗言滥语、举止猥琐就是有趣，那就大错特错了。

有趣是人性的最高境界。做个有趣的人并不难，首要之事便是自己要先觉得这个世界有趣。趣味主义是一种生活态度。有趣的人大抵聪明、乐观、幽默，并且感性。有趣的人才是懂得生命真谛的人，也是懂得享受生命的人。有趣的人越多，我们的幸福指数就越高，但愿我们都能变得有趣起来。

（文章收入本书时有删改）

悦读指津

假如生活得无趣，那生命的质量岂不要大打折扣？生活的趣味来自人自身。一个有趣的人，才会做有趣的事，才会从平凡的生活中寻出无尽的乐趣。有趣的人，是生活中让人忘忧的"开心果"，有趣的人越多，我们的幸福指数就越来越高。

对自己也要讲诚信

周海亮

试图在竞争激烈的社会中站稳并成就一番大事，什么最重要？

才华？勤奋？人际脉络？都不是。是诚信。

社会是一个大团体，每个圈子都是一个相对独立的小团体。虽然诚信与法律不可相提并论，但无论大团体还是小团体，诚信都是维系其秩序和可持续发展的重要条件。丢失诚信，你将很快失去伙伴，失去朋友，到最后，无人再敢与你共事。

诚信，首先是重承诺，然后要讲诚实，守信用。——不仅对别人必须如此，对自己，亦应该如此。

但太多时候，我们将对自己的诚信忽略掉了。或者说，我们对自己，完全没有诚信可言。理由很简单：因为无人知道。——无人知道，便可以"不讲诚信"。

比如早晨的时候，你计划晚上要去看望一位朋友。但是一天工作结束，你有些累，于是决定不去。你决定不去，因为你没有跟你的朋友谈及此事。就是说，既然没有对朋友做出口头承诺，也就没有恪守承诺的理由。但是，请注意，心里的承诺，也是承诺。你没有失信于朋友，但是你已经失信于自己。

比如周一的时候，你计划周末去郊区爬山。但到了周末，或因为事情太忙，或因为你的懒惰，你突然不想去了，并将爬山的计划再一次延迟。爬山乃小事，但因为这件事，你将自己欺骗一次。你对自己失去诚信，可是你非常大度地原谅了自己。原谅自己的原因，只因为那完全是你个人的事情。

比如月初的时候，你计划在这个月读完一本书。但是你天天在忙，将读书的时间完全挤掉。或者，即使你不忙，你还有别的安排，如喝酒、健身、打牌、会友等。到月底，那本书仍然被翻在第一页。读书乃小事，但因为这件事，你对自己失去诚信。你对自己失去诚信，可是你并未发觉。

比如年初的时候，你计划做成一件大事。这件事无人知道，这是你的秘密。可是，或因为工作和家庭的琐事，或因为事情的难度，你终没努力去做这件事情。不努力去做这件事情，不仅因为难度，更因为你内心的懒惰。你对自己失去诚信，你却不以为然，只因为无人知道。

我们常常会批评不讲诚信的人，但事实上，如果仔细回忆，你大约会发现，其实你就是一个不讲诚信的人。因为无人知道你对自己不诚信，所以，你还可以批评别人，鄙视别人，要求别人。

诚信是一种习惯，当你屡屡对自己失去诚信，那么，距离你对他人不讲诚信的那一天，也许就为时不远了。

——对自己讲诚信，不仅是对你的事业负责，更是对你的人品负责。

（文章收入本书时有删改）

悦读指津

立身诚为本，处世信为基，"诚"与"信"组合成了一个内外兼备、具有丰富内涵的词汇。诚信的人既不自欺，亦不欺人。可是很多时候，我们注重的是以信待人,却忽略了以诚待己。其实,对自己讲诚信,不仅是对自己的事业负责,更是对自己的人品负责。如果我不为自己负责,那么全世界都会成为我的问题。

享受心灵的宁静

崔修建

很偶然的一天,我点开了大学同窗好友亚楠的博客,翻阅着那些照片和文字,惊讶地发现多年杳无音信的亚楠,选择了令人匪夷所思的一种生活方式——年仅45岁的亚楠,居然辞掉了公职,赋闲在家。

亚楠没做过官,也没经过商,似乎没有任何发财的经历,至今仍住着建筑面积只有55平方米的平房,他的妻子也只是海南省五指山下一个小镇上的小学老师,收入并不高。但他似乎对自己的选择非常满意,从亚楠博客里的那些阳光灿烂的照片和那些快乐洋溢的文字里面,能够真切地感受到他无以掩饰的幸福。

怀着一探究竟的好奇,我拨通了亚楠的电话,亚楠爽朗地笑声立刻传过来:"这么做的目的非常简单,我只想享受一下心灵的宁静。"

"享受心灵的宁静?你是在学栖居于瓦尔登湖畔的美国思想家梭罗吗?"我困惑不已。

"我不是想学谁,只是想让45岁以后的生命,更轻松一些,更自由一些。"接下来,亚楠讲了促使他毅然做出这样抉择的一个小故事。

那年秋天,亚楠见到了从加拿大多伦多回国探亲的小学同桌。特别喜欢音乐的同桌,在事业上刚刚有了一些成绩时,便突然宣布退休,不再登台演出。每天，只是在家中弹弹琴，听听音乐，或者到山林里走走，听听潺潺的溪水和欢快的鸟鸣，或者干脆就躺在一块大石板上，久久凝望蓝天上那一朵朵飘动的白云。那份超然物外的轻松和自如，让他真切地感受到，只有那一刻，身体和灵魂才真正地属于自己，而不是被欲望奴役着，不是被忙碌牵扯着。

亚楠问同桌是不是拥有了很多钱财后，才选择了那样一种生活方式。同桌告诉他：其实，一个人要享受心灵的宁静，并不需要多少物质基础。只需淡化物欲的渴求，让自己的生活简单一些，再简单一些，跟上灵魂的脚步，而不是去盲目地追逐欲望。

同桌的一席话，让原本在县城里做公务员的亚楠，不禁转头打量起自己的生活：每天陷入各种杂七杂八的琐碎事务中，看各种脸色行事，劳心劳力地平衡着各种似乎永远也无法平衡的关系，表面一团和气，实际暗中一直在纠缠着、争斗着，只为那显而易见的一点儿名利。这样没意思地熬下去，就是熬到退休，顶多也不过是官位升一点儿，钱多赚一点儿。可是，自己的心灵，何时才能享受到同桌所言的那种宁静呢？

几经踌躇，亚楠便在人们的一片惊奇中，卖掉了县城里的房子，在镇边买了几间小平房，开始过起了"城市里的田园生活"。

他在屋前种花，屋后栽树，还养了一群鸡。每日清晨，他会在那只芦花鸡清脆的叫声中醒来，顺着那通往乡间田野的土路散步，小草上的露珠打湿了腿脚，一朵无名的小花会让他蹲下身来，细细地嗅出其间弥漫的泥土的味道。阳光升起的时候，他就坐在树下，捧一本书，慢慢地翻阅。困了，便依靠在那张捡来的别人淘汰的破旧沙发上，美美地打一个盹儿。

看到新奇的情景，如一只忙碌的蚂蚁、一片茂盛的庄稼，他就会欣喜地按动像素不高的老相机。有了感想，他会抓起笔来，在随手捡起的一张纸上写写画画，再敲进电脑，贴进博客。没想到，他居然写出了许多读者喜欢的文字，他的博客点击量飞快地飙升，有热情的网友还将他的文章推荐给报刊，竟接二连三地发表了，甚至有一家出版社主动向他约稿。但他一口回绝了："我的写作，只是记录心灵的颤动，从不为了发表。"

我不禁由衷地羡慕起亚楠的生活——那才是真正的洒脱：不为欲牵，不为物役，只听从心灵的召唤。

多么希望自己也能够像亚楠和他的小学同桌那样，抛却周围喧嚣的诱惑，一身轻松地走入旷野，看看那些自由的飞鸟，听听那些天籁，只是欣赏，什么都不为着，不是一种姿态，而是一种本真的自然。就像童年时，独自站在农家的小院里，仰望繁星点点的夜空，一任思绪飞扬。

（文章收入本书时有删改）

悦读指津

庄周梦蝶，陶潜授印，李白还山，苏轼向佛，每每企羡这些古人的潇洒与安闲，常思量如何像他们那样享受心灵宁静的每时每刻。但是现代人大都不能抛开一切，逍遥自在，毕竟还有家庭，还身负责任。但是即便如此，也莫忘了给自己的心灵找个小憩之所。

他敢于说不惭愧

许申高

恢复高考那年，我们正读初一。新来的班主任是乡里曾受过管制的宋老头，据说新中国成立前他在美国人手下当过卫兵。

第一堂英语课，宋老师将一张偌大的字母表挂在黑板旁的墙壁上，虽然是手写的，但看起来一目了然。之后，他又在黑板上板书一遍，逐个逐个地教我们学。课堂纪律很糟，但他并不在意。也许在他看来，学这26个字母，不必那样认真。但下课时他告诉我们："学英语并不难，做好一个人却不容易。"无疑，他是指责我们在课堂上对他不够敬重。看样子，他是一个慈祥的老头，并不是一位严厉的老师。

有一天上英语课，他发给我们每人一张白纸，要求我们按顺序默写出26个英文字母的大小写。他说对此次测验成绩优异的学生，将给予特别的奖励。尔后，他就若有所思地站在门边，眼望着门外出神。20分钟后，他似乎醒过神来，立即收上试卷。全班总共才五十几个人，他很快阅完了所有试卷，然后拍拍手，轻松地宣布："很好！除一个同学写错了3个字母外，其他同学都是100分。很高兴有这么多同学能得到奖励。但在奖励之前，我不得不警告这个学生——张小哲，请你站起来！"

张小哲是个一向沉默的男孩子，从未惹人注目。此时，他站了起来，两眼望着老师。

宋老师对他说道："我实在想不通，这么简单的几个字母，全班同学都会，而独你一个人弄出差错。你说你惭不惭愧？"

张小哲默不作声。所有同学都幸灾乐祸地盯着他。

"你必须回答我！"宋老师一反之前的慈祥态度，透露出一种近似残酷的威严，"惭愧，还是不惭愧？"

"我不惭愧。"张小哲轻声地说。但他做好了挨训的准备，脸绷得紧紧的。

"居然不惭愧。那么，你凭什么理由？难道大家错了而你一个人是对的？快说！什么理由？"宋老师近似歇斯底里地吼道，并一步步向张小哲逼近，脸上奇怪的表情令人捉摸不透。也许，他是一个被管制疯了的老头，说不准会打人。一个给美国佬当过卫兵的家伙，出手肯定非同寻常。

我们不再幸灾乐祸，都紧张地为张小哲捏一把汗。

"我有理由，但我绝对不说。"张小哲望着逼近自己的老师，眼里噙满了泪水，"老师，你不要逼我，我不会说的。如果你一定要逼我，我现在就离开学校。"他真的提起了书包。

沉默，短暂的沉默。我们看见宋老师朝张小哲走过去，双手搭在张小哲的肩头，一改刚才的暴怒，反而温和地说道："好吧，我不再逼你，请

第四章 心灵花园

坐下吧。"

然后，他退回讲台，扫视着全班学生，语重心长地说："第一天上课我就讲过，学好英语并不难，做好一个人却不容易。我并不急于知道你们的英语成绩，但很想知道你们的为人，所以才有今天的这个测验。请大家再次抬头仔细看看我身后的那张字母表——你们以为我忘记摘下的字母表，它有一个不易察觉的错误，而除张小哲外，你们全部照抄不'误'。他虽没有得到百分，但他是个诚实的人，所以，他敢于说自己不惭愧。这种勇气非常难得，很少有学生能在老师的逼迫下坚持真理，保持诚实。请大家终生牢记：重要的不只是成绩，更有品格。这，就是我要给你们的特别奖励！"

那一刻，全班54个同学有53个低下了头，只有张小哲没有。

（文章收入本书时有删改）

悦读指津

面对别人的质疑，你可以问心无愧地说一句"我不惭愧"吗？成长的过程中，我们慢慢丢弃了诚实，学会了虚伪圆滑，甚至还会为自己的某些小花招而自鸣得意。可是，鲜艳夺目的"谎花"不可能结出甜美的果实，没有立场的墙头草终究也不能长成参天大树。只有在心灵的净土上种下诚实的苗，才能在人生的大树上结出丰硕的果！

敬告作者

　　本系列图书编选文章的范围比较广泛，选编者们经过多方努力，还是与一部分作者（译者）无法取得联系，敬请作者（译者）或著作权享有人予以谅解。敬请作者（译者）或著作权享有人与我们联系，以便寄奉样书或支付稿酬。

　　联系人：万女士
　　电话（传真）：010-68403097